우리아
파트샀
습니다

내 집은 어디에,
쓴맛 단맛 내 집 장만 에세이

우리아 파트샀 습니다

공다예 지음

어쩌다 보니, 005

프

스물아홉에 결혼해 독립하기 전까지 나는 줄곧 한집
에서만 살았다. 친정 아빠가 퇴직하시기 전까지 30년
이상을 한 직장에서 근무하셨기에 가능한 일이었다.
남편은 나와 반대로 이사를 밥 먹듯 다녔다고 한다. 공
무원이던 시아버지 발령지에 따라 이사를 하다 보니,
등교는 원래 집에서 하고 하교는 이사 간 새집으로 한
적도 있다고 했다. 결혼 생활 40년 가까이 열 번이 넘
는 이사를 하며 이삿짐 싸기 달인이 되었다는 시어머
니 말씀이 내게는 현실로 와닿지 않았다.

나에게 부동산에 대해 왜 이리 무지하냐고 묻는다
면 최소한의 변명거리가 있다. 나는 이사를 해본 적도,
집을 구해본 적도 없다는 것이다. 하지만 시아버지 직

장 때문에 숱하게 이사를 한 남편도 부동산에 대해 모르기는 매한가지였다. '부동산 거래'라고 하는 '큰일'은 경험이 축적된 어른들, 주로 부모님이 대신해 주시거나 적지 않은 나이가 되어 하게 되는 경우가 많기에 그럴 것이다.

우리 부부가 집을 사기 위해 부동산을 헤맬 때도 양가 부모님은 '너희 나이에 벌써 무슨 집을 장만하려고 하느냐'고 걱정하셨다. 아직 집이라는 큰 재산을 소유할 만큼의 세월을 겪어보지 않았다고, 그만큼의 인생 경험이 쌓이지 않았다고 생각하셨을 거다.

우리도 처음엔 그랬다. 우리가 벌써 집을 마련하면 인생의 과업을 너무 일찍 해결하는 건 아닌지, 집이라는 게 한두 푼도 아닌데 사고 나서 후회하지 않을 자신이 있을지, 막상 집을 샀더니 하자가 있거나 이웃을 잘못 만나 고생하거나, 예상치 못한 어려움에 발목 잡히는 것은 아닐지 두려웠다.

그렇지만 결국 30대 초반의 나이에 우리는 집을 장만했다. 부동산과 관련한 경험이 전혀 없는 상황이었기에 고민하며 밤을 지새운 날들이 많았다. 이사 전날까지도 우리의 결정이 맞는지 서로에게 묻고 또 물었을 정도로 우리가 내린 결정을 확신하기 어려웠다. 그러나 내 집이 생긴 지금, 우리는 서로의 등을 두드리며 말한다. 집 사기 참 잘했다고.

우리와 같은 고민을 하는 이들의 연령대가 점점 낮아지는 것 같다. 여전히 집값은 하늘 높은 줄 모르고 올라 있다. 많은 사람이 부동산에 대해 이런저런 이야기를 하고, 부동산 시장에 대한 분석과 전망을 내린다. 그 와중에 부동산 전문가도 아닌 나 같은 초짜가 집 장만 수기를 써도 되는지 책을 내기까지 여러 번 망설였지만, 먼저 겪은 경험들이 누군가에게는 도움이 되지 않겠냐는 미약한 바람에 기대어 용기를 냈다.

부동산 정책은 하도 자주 바뀌어 헷갈리고 부동산 중개인이 제공하는 정보도 어딘가 믿음직스럽지 않은 경우가 많았다. 다른 사람들은 어떻게 집을 구했는지, 부동산 거래를 앞두고 꼭 알아야 하는 내용이나 챙겨야 할 서류가 무엇인지 궁금할 것도 같았다. 그래서 부동산 초보인 나 같은 사람들이 좀 더 쉽게 이해할 수 있도록 사실 그대로 풀어보았다. 내 집 마련을 해야겠다는 큰 결심이 선 '부린이'들이 나처럼 헤매지 않도록 내 경험이 약간의 길잡이가 되었으면 하는 바람이다.

우리 부부의 결정을 물심양면 지원해 주신 양가 부모님, 특히 집을 사고 책을 내기까지의 전 과정을 함께 해 주신 시어머니께 깊은 감사를 드리며, 부동산 보는 눈을 틔워준 지혜 언니, 부록을 빛내준 공자매 다롬과 다은, 회사 찐친 영은과 소정에게 고마움을 전한다. 마지막으로, 내 삶의 동력이 되어주는 아들 칠복이와 우리 집의 기둥으로 험난한 시간을 함께 겪어낸 남편 준형에게도 무한한 사랑을 보낸다.

차례

집

1. 추위, 더위, 비바람 따위를 막고 그 속에 들어 살기 위하여 지은 건물.
2. 살기 위하여 지은 건물의 수효를 세는 단위.
3. 가정을 이루고 생활하는 집안.

불면 날아갈까 만지면 부서질까 싶던
신생아 시절 칠복이.
이 작은 아이를 위해 그렇게 많은 것이
필요할 줄 몰랐다.

여기서 딱 세 평만 넓어졌으면
좋겠다는 마음이 들기 시작한 것이
이 무렵이었다.

칼바람이 들이쳐도
따듯했다

광화문으로 출퇴근하던 나는 경기도 이천이 직장인 현재의 남편을 만나 1년 반 연애 끝에 결혼했다. 연애 시기 가장 큰 걸림돌은 서로의 직장이 너무 멀다는 거였다. 불꽃이 활활 타오르던 시절이라 매일 얼굴을 맞대어도 부족했으나 서울 한복판에서 이천까지는 너무 멀었다.

겨우 주말에만 데이트 할 수 있다는 현실이 원통했기에 머리를 싸매고 아이디어를 낸 것이 남편 본가이던 광나루역에서 접선하는 것이었다. 내가 5호선 지하철을 타고 광화문에서 광나루로 넘어가는 동안 남편은 중부 고속도로를 신나게 밟았고, 맛집을 탐색해 메뉴를 고르고 자리를 세팅해 놓을 즈음이면 남편이 식당에 다다르곤 했다. 누가 시킨 것도 아닌데, 사랑에 눈이 멀어 그런 고생쯤은 기꺼이 감수했다.

만남이 즐겁고 헤어짐이 아쉬웠던 우리는 양가 부모님께 결혼 승낙을 받았다. 결혼 준비를 시작하면서 가장 먼저 한 일은 신혼집을 어디에 마련할지 상의하는 것이었다. 비용도 많이 들고 결혼 생활에 미치는 영향도 가장 큰 결정이었다.

신혼집 후보지로는 몇몇 동네가 거론되었으나 애초에 서울 동북부 외에는 선택지가 없었다. 동북부 지역을 벗어나면 남편이 이천으로 오가는 출퇴근길이 너무나 험난해졌기 때문이었다. 고속도로까지 금방이라 남편이 차로 출퇴근하기에 좋고, 근처에 동서울터미널이 있어 이천까지 가는 고속버스를 탈 수도 있는 곳. 나 역시 환승 없이 직장인 광화문까지 한 번에 갈 수 있고, 연애 기간 숱하게 만나온 곳이라 정이 든 광나루가 좋았다.

고민 끝에 마련한 우리 부부의 첫 집은 광나루역 근처 오래된 아파트였다. 21평형에 실평수는 18평이라고 했지만 실제로는 더 아담한 느낌이 들었다. 30년 전에 지어져 집 내부에(사실상 버려지는 공간인) 작은 창고가 있었고, 거실보다 안방이 더 큰 특이한 구조였기에 그랬다. 신혼살림으로 마련한 양문형 냉장고를 놓을 자리가 없어 거실 한복판에 들여 둔 탓도 있었다.

　　그래도 우리는 소박하고 따스한 '우리 집'이 생긴 것만으로 행복했다. 아귀가 맞지 않아 겨울이면 칼바람이 들어오던 알루미늄 새시도, 셀프 환기가 필수였던 화장실도(환풍기가 고장이 나 수리하시는 분을 불렀는데 화장실 전체 전기 작업을 해야 한다고 해서 수리를 포기한 탓에), 냉수와 온수가 번갈아 나오던 보일러도, 우리에겐 모두 재미난 이야깃거리일 뿐이었다.

　　전 세입자였던 중년 부부는 이 집에서 오랜 기간 지내다가 청약에 당첨되어 기분 좋게 이사 가셨다고 했다. 우리 입주 청소를 해주신 분들이 케케묵은 먼지와 때로 고생하셨다는 것으로 보아, 이런저런 보수 요청으로 주인을 귀찮게 하거나 마음 졸이게 하지 않고 불

신혼 시절 남편이 서툰 솜씨로 차려낸 밥상.
우리의 첫 집처럼 투박하지만 미소가 지어지는
차림이었다.

편한 부분은 불편한 대로 감내하며 큰 문제 없이 지내셨던 것 같았다. 우리도 그랬다. 집에서 생기는 작은 불편들은 햇살 좋은 주말에 늘어지게 자고 나면 사르르 잊히곤 했다.

신혼집 마련은 당연히 전세로 시작해야 한다고 생각했다. 한 번도 살아보지 않은 집을 사기 위해 몇억이라는 돈을 은행에서 빌린다는 건 그 당시 우리에게 너무나 무모하게 느껴졌다. 전세로 먼저 살아보고 그 동네에 정착해야겠다는 확신이 들면 차근차근 돈을 모아 집을 마련하겠다는 계획이었다.

우리 둘 다 직장 생활을 시작한 지 얼마 되지 않았기에 모아놓은 돈이 많지 않았고, 한 달에 백만 원은 족히 넘을 대출 원리금을 감당할 배짱도, 그 큰돈이 오가는 거래를 선뜻 추진할 용기도 부족했다. 나와 남편은 주변 지인들에 비하면 결혼이 다소 빠른 편이었다. 친구들도 우리 뒤를 이어 결혼을 많이 했지만, 전세로 시작하는 경우가 대부분이었지 신혼집부터 자가로 마련하는 이들은 많지 않았다. 유유상종이라고 하지 않던가.

나나 남편이나 좋게 말하면 신중하고 나쁘게 말하면 세상 물정 모르는 안전 추구형이었다. 주변 사람들 역시 비슷한 성향이다 보니 생각하고 행동하는 것이 비슷했다.

신혼 생활 2년은 그저 행복하기만 했다. 결혼 1주년을 기념하고 얼마 되지 않아 임신 사실도 알게 되었다. 양가 부모님 모두 크게 기뻐하셨고, 우리도 새 가족이 생겨 새로운 출발을 하는 것에 들떠 있었다. 전세 계약 기간인 2년을 거의 다 채워갈 무렵 이사 고민을 잠시 했지만, 추워진 계절에 만삭인 몸으로 집을 구하러 다닐 생각을 하니 막막하기만 했다. 아파트값이 계속해서 오르고 있었지만 정부에서 부동산 규제를 강화하고 있었고 아직은 둘 다 직장을 다니며 돈을 잘 모으고 있으니, 이사는 지금 가지고 있는 전세 대출을 조금 더 갚은 다음에 차차 생각해 보기로 했다.

사실 우리가 결혼했던 2017년부터 부동산 가격 상승은 시작되고 있었다. 그때만 해도 이 정도로 집값이 치솟을 줄은 몰랐다. 실생활에 필요한 경제 공부를 제대로 해본 적이 없었기에 대출을 레버리지 삼아 부동산에 투자한다는 것 자체가 우리에겐 두려움이었다. 그저 변덕스러운 집주인을 만나지 않았음에 감사했고, 우리가 원한다면 이 집에서 몇 년이고 전세로 살 수 있는 상황을 다행이라고 생각했다.

지인들 얘기를 들어보면 악덕 집주인들도 많아서 하루아침에 집을 빼달라고 하거나 전세금을 무지막지하게 올리는 경우도 있다고 했다. 회사 동기 한 명도 집주인이 갑자기 들어오겠다고 하는 바람에 전세를 구하지 못해 등 떠밀려 집을 사게 됐다고 한탄했었다. 우리는 그 어느 경우에도 해당하지 않았으니 운이 좋은 줄로만 알았다.

물론 우리 부부 주변에도 '영끌'을 해서 집을 장만한 이들이 있었다. 누구는 몇억을 대출받았다더라, 한 달에 내는 이자가 어마어마하다더라, 청약에 당첨되고도 계약금과 중도금을 내야 해서 전셋집을 빼고 부부가 각자 본가에서 따로 산다더라. 저마다의 사연이 있었고 그들을 바라보는 우리 부부의 시선에는 안타까움이

묻어있었다.

우리도 무리하게 대출을 받아 영끌을 하면 얼추 서울 끝자락에서 아파트 한 채를 마련할 정도는 되었다. 그러나 당시의 나는 은행에 꼬박꼬박 내는 대출이자가 그렇게 아까울 수 없었다. 주택담보대출을 받으면 20~30년 동안 상환하므로 최소한 200~300번은 이자를 내야 할 것 같은데, 이렇게 계산하니 이자로 들어가는 비용이 너무 아까웠다. 왠지 고스란히 손해 보는 돈이라는 생각이 들었다. 그때는 우리 부부 둘이서만 움직이면 되었으므로 안정적인 주거환경에 대한 필요가 그리 크지 않았고, 돈을 차곡차곡 모으다 보면 언젠가는 집을 살 수 있을 줄 알았다.

우리 가족을 위해
딱 세 평이 더 필요했다

우리는 2년 더 사는 것으로 전세 계약을 갱신했다. 다행히 모아둔 돈이 있어 올려달라는 전세 보증금도 무리 없이 치를 수 있었다. 낡은 집이지만 신혼 생활을 시작한 곳이었고, 무엇보다 이곳에서 기다리던 아이를 가지게 되어 더없이 만족스러웠다.

계약을 갱신하고 얼마 후인 2019년 3월, 칠월에 생긴 복덩이라는 태명을 붙인 칠복이가 태어났다. 칠복이는 모두의 축복 속에서 아주 건강하게 태어났고, 지금까지 내가 한 일 중 가장 잘한 일이라는 생각이 들 만큼 예쁘고 사랑스러운 모습으로 나에게 와 주었다. 출산하고 병원에서 이틀을 보낸 뒤 칠복이와 남편 셋이서 조리원으로 갔다. 둘이 아닌 셋이 되니 비로소 우리가 진짜 아빠 엄마가 되었구나, 한 가족이 된 것이구나 싶은 생각에 가슴이 벅찼다.

조리원은 그야말로 산모와 신생아에게 최적화된 곳이었다. 아이는 물론 산후조리에 필요한 모든 것들을 편리하게 이용할 수 있도록 되어있어 온전히 몸조리하는 데만 신경을 쓸 수 있었다.

그렇게 2주 동안 편리한 환경의 조리원에 있다가 집으로 돌아오니 문제가 보이기 시작했다. 전혀 모자람이 없던 신혼의 전셋집이 조금씩 좁아지기 시작했다. 그 작은 아이에게 필요한 용품이 그렇게 많을 줄 미처 상상하지 못했다. 지인들로부터 물려받은 아기침대, 아기욕조, 젖병소독기, 바운서 같은 덩치 큰 육아용품들을 둘 자리가 마땅치 않았다. 최소한의 물품만 들였음에도 물건들이 켜켜이 쌓이는 것은 기본이요 화장실이라도 가려면 미로가 돼버린 공간을 굽이굽이 지나가야 했다.

침대와 옷장 때문에 안방에 여유 공간이 나오지 않아 아기침대는 거실 벽에 붙여두고 낮에만 사용해야 했다. 바운서는 소파 옆에 끼어 흔들의자 구실을 하지 못했고, 화장실에는 아기를 씻기고 헹구는 데 필요한 아기 욕조 두 개가 자리 잡지 못하고 계속 표류했다.

칠복이는 하루가 다르게 무럭무럭 자라났다. 밤낮없이 아이를 먹이고 재우고, 기저귀를 갈아주며 눈 맞추고 놀아주는 일은 강철 체력을 요구하는 무한 반복의 일이었다. 모든 게 처음이다 보니 요령이 없고 서툴러서 매사가 더 고되었다.

다행히 양가 부모님께서 틈틈이 아기를 돌봐주러 오셨는데, 집에 여유 공간이 없는 게 다시 걸림돌이 되었다. 아기를 돌봐줄 테니 좀 쉬라고 해도 맘 편히 쉴 곳이 없었다. 내게 가장 필요한 건 잠이었으나 작은방은 아기용품들로 가득 찼고, 사람이 계속 드나들어야 하는 안방에 누워 잘 수도 없었다.

부족한 밤잠을 보충하라고 친정엄마가 밤에 와 주셔도 편히 잘 수 없었다. 엄마가 안방 침대 아래 방바닥에

매일 밤 집 앞에 쌓이던 육아용품들.
밀려드는 택배를 어디에 욱여넣을지 고민하는 것이
일과였다.

서 아기와 쪽잠을 주무시는 모습에 마음이 저렸다. 아기 보는 것도 힘드실 텐데 잠이라도 편히 주무시면 좋으련만. 지금껏 감사히 잘 살아온 집이지만 여기서 딱 세 평만 넓어졌으면 좋겠다는 마음이 들기 시작한 것이 이 무렵이었다. 아이와 잠시나마 분리될 수 있는 독립된 공간, 부모님이 오셔서 쉴 수 있는 방, 나중에 아기가 크면 제 방으로 만들어 줄 공간. 집에 딱 세 평짜리 방만 추가로 있으면 더할 나위 없을 것 같았다.

현대 언니의 한마디,
집 사라!

집안은 갈수록 아기용품들로 채워졌고 신혼 분위기를 내던 소품들은 하나둘 베란다 창고 속으로 자취를 감추었다. 모든 일상이 아기 중심으로 돌아갔다. 6개월이 되자 칠복이는 혼자 앉기 시작했고 집안이 답답한지 밖에 나가는 걸 좋아했다. 나 역시 좁은 집에서 하루 종일 아이와 씨름하려니 바깥바람이 그리웠다.

마침 광진구에서 운영하는 엄마랑 아기랑 문화센터 강좌에 6개월부터 등록이 가능하다고 해서 집 밖 구경도 하고 친구도 만들어 줄 겸 수강 신청을 했다. 우리 아기가 잘 크고 있는 건지, 다른 아기와 엄마들은 어떻게 하루를 보내는지 궁금하기도 했다.

문화센터, 일명 문센에서는 여러 엄마를 만났다. 사는 동네도 같고 아기들 개월 수도 엇비슷했기에 엄마들끼리는 누가 먼저랄 것도 없이 금방 친해졌다. 수업이 끝나면 삼삼오오 카페에서 모였고, 곧이어 육아 얘기부터 사는 얘기, 집안 사정까지 시시콜콜 나누는 사이가 되었다. 워낙 자주 만나다 보니 이야깃거리도 점점 다양해졌고, 당시 핫이슈이던 부동산 얘기까지 영역을 넓히게 됐다.

문센 엄마 중에는 이미 자기 집을 마련한 사람도 있었고, 나처럼 전세 사는 사람도 있었으며, 청약에 당첨되어 입주를 앞둔 사람도 있었다. 집을 사야 하는가에 대한 의견은 저마다 달랐다. 이미 집값이 너무 올랐고 정부 대책이 계속 나오고 있으니 당장 집을 살 필요 없다는 의견, 실거주 한 채는 필수라는 의견, 주변에 청약이 되는 사람들이 왕왕 있으니 그 기회를 노리는 것이 낫다는 의견 등등. 온 나라가 부동산 이야기로 시끄럽던 때라 문센 엄마들의 수다 속에도 한 꼭지는 항상 부동산 얘기로 채워졌다.

지금 생각해 보면, 엄마들의 의견은 다양했지만 사실은 각자 본인 상황에서 유리한 전망을 했던 것 같다. 집이 있는 사람은 집값이 계속 오를 거라고 했고, 집이 없는 사람은 상승이 있으면 하락이 있을 것이니 집값이 진정될 거라고 믿었다.

부동산 얘기만 나오면 엄마들의 질문은 꼬리를 물었다. 집이 있는 사람도, 집이 없는 사람도 궁금한 것은 끝이 없었다.

인구는 점점 줄어든다는데 대출받아서 집 샀다가 집값이 폭락하면 대출금만 억울하게 갚아야 하는 게 아닐까? 일본에 빈집이 그렇게 많다는데 우리나라도 일본처럼 되는 거 아니겠어? 정부에서 이렇게 집값을 잡으려고 안달인데 언젠가는 정책 효과가 나타나지 않을까? 누구네 엄마처럼 청약에 당첨될 수도 있는데, 집을 사서 청약 기회를 날리면 너무 아까운 거 아니야?

문센 엄마들 중 온갖 마타도어가 난무하는 상황을

정리할 내공을 가진 유일한 사람이 있었으니 바로 '현대 언니'였다. 현대 아파트에 살고 있어 나와 남편이 '현대 언니'라는 별칭으로 부르던 언니는 재테크에 관심이 많았다. 책이나 유튜브로 부동산 공부를 꾸준히 해온 것은 물론이고, 아기를 낳고서도 시간 날 때마다 부동산 임장도 다니고 있었다('임장'이라 함은 매물로 나온 집을 직접 확인하는 것뿐만 아니라 매물 주변의 교통이나 생활환경, 동네 분위기를 파악하고 오는 것을 말했다). 현대 언니는 부동산 거래로 실제 수익도 내보았기 때문인지 부동산 구매와 투자에 대한 본인의 확고한 생각이 있었고, 부동산 외에 주식에도 관심을 두는 등 여러 방면에서 재테크에 대한 열정이 대단했다.

현대 언니는 내가 만났던 그 누구보다 강력하게 집 한 채는 필수라고 이야기했고, 내 귀는 항상 그 얘기에 반응했다. 칠복이가 태어난 후로는 남편도 나도 집이 조금 더 넓었으면 좋겠다는 생각이 있었고, 이사를 하게 된다면 다음 집은 옮기지 않아도 되는 내 집이면 좋겠다 싶었기 때문이었다.

칠복이가 보행기를 탈 때면
문턱에 걸려 넘어질까 봐 조마조마했다.
발을 내딛을 수 있는 공간이
한 뼘만 더 있었으면 싶었다.

확신 없는 매수 타이밍

문센 모임에서까지 부동산이 화두가 되면서, 호갱노노, 직방 같은 부동산 앱을 자주 보기 시작했다. 그런데 신혼 생활을 시작한 2017년과 비교했을 때 시세가 터무니없이 올라있는 것 같았다. 우리가 사는 집만 하더라도 2년 사이에 매매가가 2~3억은 훌쩍 오른 상황이었다. 전세도 대출을 받아서 살고 있는데. 우리가 가진 돈으로 지금보다 더 큰 집을 장만하기란 턱도 없어 보였다. 더군다나 투기 과열을 막는다고 대출에도 제약이 많아져 덥석 매수 버튼을 누를 수 있는 상황도 아니었다.

나도 집 걱정이 많았지만, 남편은 나보다 집에 대한 부담을 훨씬 더 크게 느끼고 있었다. 퇴근 후 늦은 밤까지 부동산 앱을 보면서 잠들지 못하고 뒤척거리는 날이 많았다. '우리도 남들처럼 영끌을 해서 집을 사야 하나, 다달이 나가는 이자는 어떻게 감당하지?' 라며 걱정과 근심을 늘어놓는 날이 잦아졌다. 스트레스 받지 말라고, 우리가 원한다고 하루아침에 집을 살 수 있는 것도 아니니 초조해 말자고 남편을 다독이면서도 나 역시 마음 한편에 자리 잡는 불안감을 떨칠 수가 없었다.

매일같이 부동산 뉴스가 흘러나오고 있었다. 가족, 친구, 동료들끼리도 부동산 얘기뿐이었다. 우리가 가진 돈은 한정되어 있는데 집값은 천정부지로 뛰고 있었다. 자꾸만 애가 탔다. 이 돈으로는 서울에 집 한 칸 마련하지 못할 것만 같았다.

부동산이 알려주지 않는
주변 환경

 그러던 어느 날, 사뭇 상기된 목소리로 남편이 나를 불렀다.

– 여보 이 아파트 어때?

고덕동. 나는 잘 모르는 동네였다.

– 여기가 어디야? 아파트가 얼마라는데?
– 지금 고덕에 새 아파트들 들어서고 난리 났잖아. 기본 10억이 다 넘어. 근데 여기는 구축이고 세대수가

많지 않아서 저렴한 거 같아. 누나가 이 동네서 학교를 다녀서 엄마도 잘 알 텐데, 엄마랑 여기 한번 가볼까?

　나로서야 부동산 보는 눈이 없고 칠복이도 딸려있으니 남편이 보고 와 주면 좋을 것 같았다. 게다가 이사 경험 '만렙'인 어머니가 같이 가주시면 남편이 혼자 다녀오는 것과는 비교할 수 없이 든든할 터였다.

　고덕 래미안힐스테이트, 고덕 그라시움, 고덕 센트럴아이파크 등등. 고덕동은 대규모 신축아파트 입주로 부동산 중개소가 유례없는 특수를 누리는 중이었다. 남편은 매물을 보고 싶다는 문의에 가장 반가운 기색을 보인 부동산과 약속을 잡았다. 집주인이 매물을 여러 부동산에 등록해 놓아서 어디를 찾아가야 할지 잘 모를 때는 친절한 곳이 장땡이었다.

　토요일 저녁, 매물을 둘러보고 온 남편은 한껏 들떠 있었다. 평소보다 몇 배는 더 활기에 찬 목소리였다.

　- 여보, 생각보다 아파트가 되게 좋아. 지금 집보다

살짝 더 큰데 구조도 훨씬 낫고 방도 하나 더 있어. 부동산에서 설명을 잘 해줬는데, 주변 신축아파트들 때문에 여기도 값이 오르면 올랐지, 내리지 않을 거래. 신축이 생기면서 상가나 학원가가 유입되면 더 좋아질 거고. 그러면 우리는 구축아파트에 살지만, 신축아파트 이점을 똑같이 누리는 거라고 하더라고. 지하철역도 걸어서 5분 거리야. 정말 엎어지면 코 닿을 거리. 그리고 그 동네 공원도 많고 조용해서 살기 진짜 좋을거 같아. 여보도 내일 낮에 같이 가보자.

가슴이 쿵쾅거렸다. 나까지 맘에 들면 우리도 이제 집을 사게 되는 건가? 드디어 우리 집이 생긴다고? 나도 모르게 자꾸만 설레발을 치게 됐다.

다음 날 아침, 칠복이를 데리고 다 같이 고덕동으로 향했다. 광장동에서 고덕동까지는 광진대교 건너 금방이었다. 아침이었기에 더 그랬겠지만 차 안에서 보이는 고덕동은 한적하고 평화로웠다.

세대수가 적어 재건축 가능성도 없다고 하고 주변

신축들과 비교했을 때는 아무래도 못난이 아파트일 터라 보고 실망하지 않을까 내심 걱정했지만, 막상 아파트를 둘러보니 아담하고 조용해서 정감이 갔다. 광나루역에서 몇 정거장 뒤로 물러나기는 하지만 아파트와 역까지의 거리가 가까웠기에 걷는 거리가 짧아져서 지금 출퇴근 시간과 크게 차이 나지 않을 것 같았다. 남편도 한강 이남에서 출발하면 이천이 좀 더 가까웠다.

이정도면 매수해도 되지 않을까 생각하던 중, 맞은편에 있는 아파트 단지가 눈에 들어왔다. 입구에는 상록아파트라고 쓰여 있었는데 이상하게도 인기척이 느껴지지 않았다. 우리가 사려는 아파트와는 비교도 할 수 없게 단지가 컸다. 그런데도 전체가 텅 비어있는 듯했다. 뭔가 느낌이 싸했다.

- 여기는 사람이 왜 안 사는지 부동산에서 얘기 안 했어? 이렇게 큰 단지를 비워둘 리 없을 것 같아서.
- 다른 얘기는 없었는데 이상하네? 밤이어서 아파트 주변은 제대로 못 봤거든. 집에 가서 좀 찾아보자.

꺼림직함에 집에 돌아와 찾아본 결과는 이랬다. 상록아파트는 무주택 공무원을 위한 공무원 임대아파트로, 1984년에 지어져 1,800여 가구 규모의 재건축을 앞두고 있다고 했다. 2021년까지 이주를 마치고 2022년 1월부터 철거에 들어간다는 계획이었다.

망연자실했다. 하필 사려던 아파트 바로 앞에 26층짜리 고층 아파트가 들어선다니. 남편이 보고 온 매물은 도로 쪽과 가까워 고층 아파트가 해를 가리는 것은 물론이요, 완공될 때까지 먼지와 소음을 고스란히 감내해야 할 판이었다.

칠복이를 낳고 조리원에서 집에 돌아왔을 때 위층에서 리모델링 공사를 하는 바람에 몇 주간 극도로 괴로웠던 경험이 있었다. 칠복이가 잠이 들만하면 들리는 드릴 소리에 화가 나 윗집에 몇 번이나 찾아갔지만 현장소장은 죄송하다는 말만 반복할 뿐, 공사를 막을 방법은 없었다. 갓난아이를 데리고 매번 밖으로 피신하기도 어려웠기에 우는 아이를 달래며 소음이 지나가기만을 간절히 바라곤 했다.

칠복이가 소리에 유독 예민한 것이 신생아 때 너무

사람이 살지 않는 집은 생각보다 쉽게 알 수 있다.
에어컨 실외기나 햇볕에 말리는 빨래가 보이지 않으면
빈집이 거의 확실하다.

큰 자극에 노출되었기 때문이라고 여겼기에, 집이 아무리 좋다고 한들 다시금 공사 소음에 시달려야 한다는 사실만으로 내키지 않았다.

부동산에서 이런 기본적인 정보도 말해주지 않았다는 것에 화가 났다. 온갖 유리한 정보만 늘어놓아 내 집 마련을 기대하게 만든 부동산 중개인이 괘씸했다. 부동산 말만 듣고 덥석 매수했다가 그 큰 단지가 완공될 때까지 공사 소리, 중장비 소리에 시달릴 뻔했다는 생각이 드니 아찔하기도 했다.

그런데도 고민이 되었다. 객관적으로 봤을 때 가격이나 위치, 주변 호재들이 모두 매수 시그널을 보내고 있었다. 상록아파트 정보를 찾으면서 보니 고덕동이 왜 이렇게 난리가 난 것인지 이해가 되었다. 지금 있는 5호선에 더해 지하철 9호선이 신설되고, 고덕비즈밸리라는 지식산업센터가 들어서면서 일자리나 상권이 새로 형성될 예정이라고 했다. 기존에 조성된 학군도 워낙 탄탄하고 공원이나 마트 같은 생활시설도 잘 되어 있었다. 고덕동은 미니 신도시가 형성되는 중이었다. 이 집이 아니면 우리가 가진 예산으로는 고덕동에서 살 수 있는 집이 없었다.

우리에게는 전문가의 조언이 필요했다. 고덕동에 다녀온 날 저녁, 현대 언니에게 연락했다.

- 언니 제가 고민이 있어서요. 혹시 저녁에 통화 괜찮으세요?

- 주말 잘 보내고 있죠? 애기 곧 잘 거 같아서 8시 이후 통화 가능해요.

연락되어 다행이다. 천군만마를 얻은 듯 마음이 든든해졌다. 8시까지는 시간이 좀 남았으니 상의할 내용을 카톡으로 미리 읊어두었다.

- 남편이랑 올해 내내 집 문제로 고민하고 있던 참이었는데 맨날 눈팅만 하고 부동산에는 한 번도 가본적이 없었어요. 그런데 고덕동에 적당한 매물이 나왔길래 한번 가보자 해서 주말에 보고 왔어요. 그 동네에 몇 안 남은 오래된 아파트인데 저희 예산으로는 그 정도가 최대일 것 같아서요. 6억에 나왔기에 조금 더 깎

아보려고 하던 차인데 바로 맞은편에서 대규모 재건축을 한다는 걸 알게 됐어요. 22년 1월부터 철거한대요. 부동산 말로는 집을 사서 전세를 놓고, 우리가 또 다른 곳에 가서 전세를 사는 방법은 요새 규제도 그렇고 계약 날짜 맞추기도 현실적으로 쉽지 않다고 해서요. 이 집을 사게 되면 실거주를 해야 하는데 바로 앞에 공사판이 벌어진다고 하니 먼지며 소음이며 괜찮을지 고민하다가 연락드렸어요.

기사도 전송해 두었다. 〈먼지에 뒤덮인 학교… 아파트 재건축에 학생들 '콜록'〉

- 부동산 얘기일 거라 예상했어요. 고덕동 어떤 아파트인지도 알겠고요. 집은 절대 한 번에 계약하면 안 돼요. 아무리 마음에 들어도요.
- 그죠. 근데 실제로 가보니까 좀 오래되었긴 해도 평수나 구조가 지금 집보다 훨씬 낫고 좋더라고요. 부동산에서 재건축 얘기는 쏙 빼고 좋은 얘기만 해서 거의 계약할 뻔했어요.

- 만약 30평대를 사게 되면 대출이 많이 나오는데, 어떤 사람들은 일부러 대출을 많이 해서 여윳돈을 쟁여 놔요. 아직은 저금리라 대출을 무서워하진 않아도 되는데, 걱정되면 그 집은 전세를 주고 본인들은 4년 정도 월세살이 하는 것도 괜찮은 방법이에요. 이 모든 방법이 싫다면 실거주를 해야 하는데 그럼 본인이 원하는 동네로 바로 가기는 힘들 거예요.

월세살이? 나로서는 감히 상상해 보지 못한 대안이었다. 월세살이라고 하면 드라마에 나오는 셋방살이나 더부살이를 해야 한다는 걸까. 아기 때문에 더 쾌적한 집에 살고 싶어서 이사를 하려는 거라 월세살이가 웬 말인가 싶었는데, 원하는 집을 사기 위해서는 월세살이도 감수한다는 게 부동산 투자하는 사람들의 마인드였던 것이다. 내가 너무 세상 물정을 몰랐다. 투자 가치가 있으면서 학군도 좋고 몸까지 편할 수 있는 집을 찾고 있었으니 말이다. 답을 뭐라고 해야 할까. 고민이 길어지니 언니에게서 다시 카톡이 왔다.

- 궁리를 좀 더 해봐야겠어요. 괜찮으면 잠깐 집 앞 카페로 나와서 얘기할래요? 바람도 쐴 겸.

칠복이가 새벽에 수시로 깨는 바람에 만성피로와 수면 부족에 시달리던 시기였으나 그까짓 잠이 대수냐, 전문가가 불러주는데 당장 나가야지. 휘릭 옷을 갈아입고 카페로 달려 나갔다.

지도를 보며 이 지역, 저 지역의 교통이며 호재, 학군을 세세하게 설명해 주는 언니는 평소에 문센 모임에서 만나던 현대 언니가 아니었다. 내가 생각했던 것보다 훨씬 대단했다. 나처럼 아이도 보면서 언제 이런 현실 공부를 해온 것일까. 이런 사람들 앞에서 직장이나 아이 때문에 공부할 여력이 없다고 한다면 참 초라한 핑곗거리가 되겠구나 싶었다. 언니가 덧붙였다.

- 사람들은 부동산 투자를 하면서 언제나 대박을 꿈꿔요. 그런데 대박을 터뜨릴 수 있는 사람이 얼마나 되겠어요. 사실 사기만 안 당하면 돼요. 집값이 안 올라도 집은 남는 거고 그 집에서 내가 계속 살면 되잖아요.

맞는 말이었다. 나와 남편은 매일 밤 머리를 싸매고 소위 '대박'을 칠 수 있는 곳을 찾아 헤맸다. 그러니 답이 없었던 것이었다. 실거주할 집을 찾겠다고 해놓고 실제로는 대박이 날 집을 보고 있었으니 말이다. 그러나 대박이 날 집은 이미 값이 너무 뛰어 살 수 없거나 아무도 팔려고 하지 않았고, 그것도 아니라면 우리 상황에서는 출퇴근할 수 없는 지역이었으니 밤마다 끙끙 댄들 후보지조차 꼽을 수 없었던 것이었다.

 - 우선 서두르지 말고 부동산 관련 책도 많이 읽고 공부를 한 다음 확신이 생기는 동네에 투자 계획을 세워야 할 것 같아요. 공부하면서 청약 신청도 계속해 보고요, 부동산은 나중에 어떻게 바뀔지 아무도 모르기 때문에 급하게 집을 사기보다는 정보를 많이 쌓아야 해요. 물론 책이 도움을 주겠지만 의존은 하지 마세요. 부동산 시장은 아무도 몰라요.

 마음이 급하면 이성적인 판단이 되지 않는다. 예산에 맞을 것 같다고, 아는 동네라고, 집이 괜찮다고, 부동산에서 추천한다고, 급하게 결정할 뻔했다. 집으로 돌아와 남편에게 말했다.

– 여보, 아무래도 고덕동 아파트는 안 되겠어. 그리고 우리 구미에 다 맞출 수 있는 집은 없는 것 같아. 살 집을 구할 건지 투자를 할 건지 하나만 선택해야 하는데, 우리는 칠복이와 살아야 할 집이 필요한 거니까 좀 더 고민을 해보자.

그 후에도 현대 언니는 부동산에 대한 조언을 아낌없이 해주었다. 모두 경험에서 우러나온 현실적인 조언들이었다.

어차피 지금 부동산은 상승장이라 서두른다고 싸게 살 수 있는 게 아니니 천천히 살펴봐라. 부동산마다 해주는 얘기가 달라서 동네마다 부동산을 여러 군데 가봐야 한다. 급하게 선택하면 후회할 수 있으니 동네를 정했으면 후회 남지 않을 만큼 동네를 다녀봐야 한다. 급할수록 더 냉정해져야 한다. 현대 언니가 전해준 주옥같은 말들이었다.

아무리 욕심내도
집주인은 따로 있다

고덕 아파트를 포기한 후 앞으로 서울 아파트를 살 수 있는 기회가 많지 않을 것 같다는 생각에 마음이 조급해졌다. 우리는 현재 예산으로 집을 살 수 있는 동네를 열심히 물색하기 시작했다.

남편과 내가 출퇴근하기에 무리 없는 곳이어야 하고 복직 후 양가 어머님들이 아기를 봐주실 예정이라 시댁과 친정엄마가 왕래하기 편하도록 대중교통 접근성이 좋아야 했다. 5호선이 있는 강동구도 남편 직장이 있는 이천으로 빠지기 좋은 위치였으나, 한강을 건너면 대중교통 소요 시간이 늘어나고 친정과 체감 거리가 확 멀어지는 느낌이어서 배제했다. 결국 서울 동쪽의 광진구, 중랑구, 노원구가 후보지로 올려졌다.

우리는 부동산 매수를 위한 나름의 몇 가지 원칙을 세웠다.

첫 번째는 아파트일 것. 아기가 있는 우리 가족에게 주택이나 빌라보다는 아파트가 보안과 편의 면에서 더 적합했다. 향후 자산 가치 증대를 위해서도 재건축이나 리모델링 기회를 얻고 가는 것이 좋을 것 같았다.

아파트는 최소 100세대 이상인 곳으로 찾았다. 살고 있던 두 동짜리 아파트에서 주차난을 극심하게 겪은 탓에 주차장이나 놀이터, 산책로 같은 부대시설이 잘 갖춰져 있는 아파트로 가고 싶었고, 재건축과 리모델링을 하게 되는 경우에도 세대 수가 많은 것이 사업성을 높일 것으로 생각했다.

두 번째는 부동산 매수 비용이 주택담보대출로 커버되는 수준일 것. 이때 세금과 부동산 중개료뿐만 아니

생애 주기나 사회 변화에 따라
사람들이 원하는 집의 모습이 달라져 간다.
코로나 사태 이후로는 공원이나 숲처럼
녹지가 가까운 주거지역이 더욱 각광인 듯하다.

라 이사비와 인테리어비 등 넓은 범위의 제반 비용을 포함해 총비용을 계산하기로 했다. 아무리 마음에 드는 집이라도 대출을 무리해서 받고 싶지 않았다. 지금보다 평수를 넓혀가면 전기료며 가스비, 관리비도 더 나올 것이었다. 분유나 기저귀처럼 육아에 필요한 소모품 지출이 아직 많고 앞으로 아이에게 들어가는 돈은 점점 늘어만 갈 텐데, 다달이 원리금까지 갚아나가야 한다면 경제적으로 너무 부담이 될 것 같았다.

부동산이 워낙 불장이다 보니 주택담보대출은 물론이요, 퇴직금 중간 정산에 마이너스 통장, 신용대출까지 몽땅 끌어모아 집을 마련하는 영끌족들이 많아졌지만, 미래에 대한 장밋빛 기대를 앞세워 현재를 무모하게 살아갈 순 없었다. 살다 보면 자력으로 통제할 수 없는 사건 사고도 생길 수 있고, 갑작스럽게 마주하는 기회도 있을 것이었다. 대출금리가 오르거나, 나와 가족들의 건강에 문제가 생겨 큰돈이 필요하게 된다거나, 가능성은 적더라도 부동산 시장이 갑작스레 무너지는 시나리오까지 염두에 두어야 하지 않을까 싶었다.

매수 계획을 세우고 주변에도 조언을 구했다. 결혼을 앞두고 신혼집을 찾고 있던 동생에게도. 동생과 예비 제부도 주말마다 집을 구하러 다니던 중이었다.

- 우리도 이제 집 사려고 하는데. 너랑 제부는 어디 봐둔 동네 없어?
- 언니 6호선도 출근할 때 괜찮아? 6호선 신내역이 새로 생긴다는데 형부도 거기서 고속도로로 바로 빠질 수 있을걸?

중랑구 신내동. 6호선이면 청구역에서 5호선을 갈아타면 되니 광화문까지는 멀지 않았다. 남편이 차로 이천 출퇴근을 할 수 있을지가 걱정이긴 했는데, 지금보다는 시간이 더 걸리겠지만 중부 고속도로로 진입하기에 그리 어렵지 않을 것 같다며 남편은 다소 대책 없는 자신감을 보였다.

출퇴근에 무리가 있더라도 신내동에 우리의 관심이 쏠린 것은 가격 때문이었다. 신내동이 구리와 맞닿아 있는 서울 끝자락이고 대단지 아파트가 몰려 있다 보니 몇 년 전보다 많이 오르긴 했어도 무리하지 않는 선에서 집값을 마련할 수 있을 것 같았다. 이왕 말이 나왔을 때 가보자 해서 신내동에 있는 한 부동산에 방문 약속을 잡았다.

금방이라도 눈발이 날릴 것 같은 날씨였지만 칠복이를 아기 띠로 둘러매고 결연한 마음으로 집을 나섰다. 우리가 찾아간 부동산에는 인심 좋아 보이는 엄마뻘 사장님이 계셨다. 부동산 중개소를 많이 다녀보지 않아 누가 봐도 초짜 티가 났겠지만, 오히려 모르니 용감하게 질문할 수 있어 한편으로 마음이 편했다.

사장님께는 각자 회사가 어디고, 시댁과 친정이 어디고, 예산은 이 정도로 생각한다는 이러저러한 사정을 설명해 드리고 8단지 매물 추천을 부탁드렸다. 부동산 앱에서 파악하고 간 바로는 신내동 5단지와 7단지가 대장주였는데 그 단지들은 가장 작은 평수가 37평에 방 4개라 우리에겐 너무 과했고, 8단지는 28평에 4억 7천 정도였기에 우리에게 적당해 보였다. 덧붙여서, 8단지가 앞으로 더 오를 가능성이 있는지도 조심스레 여쭤봤다. 투자를 목적으로 집을 사는 건 아니었지만, 같은 조건의 선택지들이 있다면 그중에 조금이라도 집값이 오를 곳을 사고 싶었다.

부동산 사장님은 얘기를 들으시더니 잠시 고민하시고는 몸테크를 할 의향이 있는지 물어보셨다. 이 추운 날 돌도 안 된 아기를 데리고 부동산에 찾아온 자식뻘 손님이 안쓰러워 보였기 때문일까. 신내동 아파트들은 20년 정도 되었기에 투자 관점에서 보면 신축이나 구축에 밀릴 수 있다고 하며 본인 이야기를 들려주셨다.

– 내가 몇 년 전에 공릉동에 재건축아파트를 사 놓은 게 있는데, 그게 내후년이면 벌써 입주야. 살 때랑 비교해서 지금 집값이 얼마나 올랐는지 몰라. 돈을 벌려면 젊을 때 고생을 좀 하는 것도 괜찮아요.

사장님은 벽에 돌돌 말려있던 큼지막한 지도를 내려 기다란 지휘봉으로 본인이 샀다는 아파트를 짚어주셨다. 신내동에서 조금 더 위로 올라간 노원구 공릉동이었다. 태릉해링턴플레이스. 2021년 9월 입주 예정이라는 표시가 보였다.

    - 우리 부동산 매물은 아닌데, 저 아파트 근처에 태릉우성아파트라고, 소개해줄 만한 데가 있어. 엊그제 중년 부부가 오셔서 나랑 같이 여기 31평 집을 봤거든. 조금만 기다리면 재건축될 테니 고민해 보시라고 하고 데려갔지. 아줌마는 하고 싶어 했는데 아저씨가 다 늙어서 무슨 재건축이냐고 하셔서 결국에는 7단지 계약하고 가셨어.

    태릉우성아파트. 85년도에 지어진 아파트니, 재건축 연한인 30년을 이미 넘긴 곳이었다.

    - 내가 재건축아파트를 사 놓고 많이 불렸으니까 한번 생각해 보라고 얘기하는 거야. 멀리까지 왔는데 오늘 시간 낼 수 있으면 집주인한테 연락해 볼 테니 한번 보고 가요.

    말이 끝나기가 무섭게 마음이 혹했다. 부동산 사장

님이 알려주시는 매물 정보. 부동산에 와서 여쭤보지 않았으면 우리로서는 생각해 내기 어려웠을 것 같아 마음이 더 기울었다. 여기까지 왔는데 조금 더 기다리는 일이야 얼마든지 할 수 있었다. 집주인이 오후에 시간이 된다고 해서, 근처 마트에서 간단히 점심을 먹고 부동산 사장님과 함께 태릉우성아파트로 향했다.

31평 아파트는 집이 대궐처럼 느껴질 만큼 컸다. 연식이 오래되었지만, 거실과 주방이 서로 트여 활용하기 좋은 구조였고, 꼭대기 층이라 앞이 막히지 않아 더 넓어 보였다. 6호선 화랑대역이 도보로 10분 정도인 역세권에, 단지를 벗어나면 바로 초등학교와 중학교였다.

매도인 쪽 부동산 사장님 말씀으로는 재건축 얘기가 슬슬 나오고 있어 조만간 추진위원회가 꾸려질 것 같다고 했다. 재건축이 쉽지 않다고 해도 앞으로 넉넉잡아 10년 정도 기다리면 되지 않을까. 칠복이가 초등학교 다닐 때까지 살다가 집값을 올려 받아 소위 상급지로, 학군이나 교통이 더 좋은 다른 곳으로 이사 갈 수도 있을 것 같았다.

- 집이 너무 좋네요! 그런데 이렇게 좋은 집을 왜 파시는 거예요?

부동산을 둘러볼 때 집이 마음에 들어도 마음에 드는 티를 내지 말라고들 한다. 계약에서 우위를 선점해야 하기 때문이다. 단 얼마라도 깎기 위해서는 조급한 쪽이 상대방이 되어야 유리하다고 했다. 그러나 초짜인 우리는 이런 거 저런 거 따지지 않고 궁금한 건 질문했다.

- 원래는 더 큰 집에 살았는데 손주 놈 초등학교 때문에 여기 들어와서 살았어요. 이제 학교도 졸업했으니 우리도 다시 넓은 집으로 이사 가려고 합니다. 지금도 냉장고 두 대에 김치냉장고까지 있으니 둘 데가 없어서 냉장고 하나가 거실에 나와 있네요.

안 그래도 처음 집에 들어왔을 때 거실에 냉장고가 있어 의아했는데 이유가 있었다. 애초에 냉장고가 세 대였던 것이었다. 꼭대기 층이다 보니 현관문 위쪽으로 난 계단을 창고처럼 사용하고 계셨는데, 그 공간에

켜켜이 쌓인 짐 박스들도 이해가 되었다. 넓은 집에 살다가 손주를 보느라 잠시 들어와 지내셨던 곳이니, 작아진 집에 짐을 다 넣을 수 없어 당장 필요하지 않은 짐들이 밖으로 나와 있던 것이었다.

  - 이 동네 살아보니 사람들도 좋고 조용하니 살기 좋아요. 집 사려는 거 보니 돈을 많이 모아두셨나 봐.

  돈을 많이 모아둔 건 전혀 아니었다. 예산 범위 마지노선에 있었다. 우리가 처음에 보고 왔던 신내동 8단지 아파트보다 1억이나 비싼 5억 8천이었다. 인테리어나 세금 같은 부수적인 비용까지 생각하면 예산초과일 수도 있었다. 하지만 견물생심이라 하지 않던가. 남편도 나도 이 집이 마음에 들었다. 여기서 살다 보면 이 집 손주처럼 칠복이도 사립초등학교에 보내야 하나. 그러면 재건축이 된다고 할 때까지 쭉 여기서 살아도 될 것 같은데. 이런저런 생각들이 솟구치면서 머릿속이 분주해졌다.

우리는 바로 결론 내리지는 못하고 부동산 사장님께 다음 주말 부모님과 다시 방문해도 괜찮을지 확인해달라고 말씀드렸다. 우리 판단만으로 부족하니 부모님 의견을 여쭤보고 싶었고, 시간을 벌어두는 동안 정확한 예산과 대출 가능 금액을 점검하면서 이 지역에 관해 공부해 볼 요량이었다.

집에 돌아온 다음 날 부동산 사장님께 전화가 왔다. 그 집을 소개해달라는 사람이 계속 나오는 모양이라고, 혹시 주말이 아니라 평일이라도 좋으니 며칠 더 일찍 올 수 없겠냐고 하셨다. 사업성이 좋아 재건축 가능성이 큰 곳이라고 하더니 재테크 수요가 몰리는가 보다 싶었다.

그런데 희한했다. 부동산 재촉 전화를 받으니 이상하게도 마음에 여유가 생기는 것 같았다. 어차피 못 먹을 감이면 감나무 밑에서 하염없이 기다리느니 남이 낚아채 가는 게 속은 좀 쓰려도 후련하겠다 싶은 심정이었다. 그 집을 본 게 운명처럼 느껴지던 그날의 마음가짐과는 딴판이었다. 사장님께는 평일에 휴가를 따로 내기가 어렵고 남편도 출장 중이라 주말 방문만 가능하다고, 혹시 그전에 거래가 되면 알려달라고 말씀드렸다.

그다음 날 다시 부동산 사장님 전화가 왔다. 아무래도 그 매물은 거래가 안 될 것 같다고, 집주인이 마음을 바꾼 것 같다고 하셨다.

갑자기 무슨 일인가 싶어 어떻게 된 거냐고 여쭤보니 그 아파트가 부동산 방송을 타는 바람에 주말 이후 근방 부동산에 문의가 쇄도했고, 여러 곳에서 집을 보여달라고 난리가 나자 주인이 매물을 거두었다고 하셨다. 지난 주말이면 우리가 집을 보고 왔던 바로 그 주말이었다. 나는 남편에게 호들갑을 떨며 소식을 전했다. 우리가 본 아파트가 방송을 타서 난리가 나다니! 안 그래도 예산이 아슬아슬해서 고민이었는데 이제는 그림의 떡이 되어버린 셈이었다.

도대체 어느 방송을 탔기에 이 난리가 났을까. 궁금해 찾아봤더니 한국경제TV 프로그램에서 소개가 된 것이었다. 전문가가 방송에서 시청자와 전화 연결을 해 부동산 고민을 해결해 주는 코너였다. 사연은 이랬다. 전화 연결이 된 분은 태릉우성아파트를 17년 전 구매해 지금까지 보유해 왔고 재건축 이슈를 오래도록 기다렸지만, 아파트 가격이 크게 오르지 않는 것 같아 매도를 고민하고 있다고 했다.

사연을 듣자마자 전문가는 결론을 내렸다. 그냥, 아주 오래도록, 계속 가져가라는 대답이었다. 이 아파트를 팔아서는 이런 물건을 다시는 살 수 없다고, 파는 순간 다시는 못 사기 때문에 고민할 것이 없다고 했다. 재건축 시기를 정확하게 예측할 수는 없지만 언젠가 재건축이 될 수밖에 없다, 정부에서는 잠시 막을 뿐이지 영원토록 막을 수는 없다고 했다.

돈이 되는 재건축을 결정하는 기준은 두 가지로, 하나는 분양가와 직결되는 입지이고, 두 번째는 대지 지분, 즉 사업성인데, 태릉우성아파트의 경우 입지는 세모라고 한다면 사업성은 동그라미라고 했다.

이곳은 3종 주거지역으로 층수 제한이 없으므로 재건축을 하게 되면 아파트 층수를 높이 올려 일반분양을 많이 낼 수 있으니 조합원의 분담금이 줄어들 것이고, 서울 동쪽 끝에 있지만 서울 3대 학군지로 꼽히는 중계동 은행사거리 학원가 셔틀이 이 지역으로 운행하고 있으며, 신축아파트인 태릉해링턴플레이스 입주가 시작되면 신축아파트는 지역 시세를 견인하는 역할을 하고 결국 재건축이 신축이기 때문에 시세는 연동될 것이라고 했다.

태릉우성아파트처럼 특수한 재건축 단지는 파는 순간 후회하게 될 것이므로 앞으로 이 질문은 누구에게도 할 필요 없다, 본인을 믿고 장기보유하면 된다며 전문가는 확신 넘치는 설명을 이어갔다.

전문가가 하는 말을 듣고 있자니 그 방송 이후 부동산에 왜 전화가 빗발쳤는지 알 것 같았다. 집을 보러 오겠다는 연락을 집주인이 감당할 수 없었던 것일지, 아니면 값을 더 올려 받을 수 있겠다고 판단한 것일지는 모르겠다. 이후로도 한동안 그 매물의 거래 등록은 되지 않았는데, 한참 시간이 흐른 후 확인해 보니 2020년 5월, 6억 6천에 거래된 공시가 되어있었다. 집이라는 것이 내가 사고 싶다고 당장 살 수 있는 게 아니고 거래 과정 중에도 여러 변수가 생기다 보니, 결국 임자인 집은 따로 있다는 말을 절감하는 경험이었다. 우리 부부가 그 집을 본 당일에 계약금을 걸고 왔다고 해도 그 집은 결과적으로 우리 집이 되지 못했을 것 같다는 생각이 들었다.

2채밖에 남지 않았다는
모델하우스의 유혹

그맘때쯤 집 앞 건널목에 나부끼는 현수막에 눈길이 가기 시작했다.

'1차 모집 마감 임박!'
'평당 2천만 원대 강남 아파트!'

강남인데 어떻게 저 가격에 아파트가 나온다는 거지. 평소 같았으면 사기겠거니, 아니면 막상 계약할 때 돈을 더 줘야겠지, 하고 지나쳤을 테지만, 한창 집 고민에 몰두하던 시기였던 터라 현수막 문구를 계속 곱씹

게 되었다. 남편도 나와 같은 길을 오가며 현수막을 봤던 것 같다. 평온하던 어느 주말, 무슨 이야기를 하다가 갑자기 현수막 얘기가 나왔다.

- 여보도 사거리에 있는 그 현수막 봤어? 우리 거기 홍보관 한번 가보는 거 어때?
- 여보도 그거 봤구나. 나도 보고 궁금해서 가보자고 하려던 참이었어!

인터넷에 찾아보니 홍보관을 방문하려면 예약을 하라고 하기에, 홍보관 대표번호로 전화를 걸었다. 친절한 목소리의 상담원은 주말이라 자리가 얼마 남아있지 않지만 3시쯤 와서 대기하면 상담이 가능할 것 같다고 했다. 상담 예약부터 이렇게 치열하다니. 분양 가격이 저렴해서 사람이 몰리나보다 싶었다.

홍보관은 집에서 멀지 않은 곳에 있었다. 밖에서 볼 땐 몰랐는데, 문을 열고 들어가니 말 그대로 인산인해였다. 입구에서부터 신발 넣는 봉투를 받느라 사람들이 줄을 길게 서 있었다. 사람이 많으니 신발이 섞일 우려가 있어 나눠주는 것이라 했다.

넓은 홀 한쪽에는 VIP 상담을 위한 듯한 개별 부스가 차려져 있었고, 중앙에는 번쩍번쩍 불이 들어오는 아파트 모형이, 그리고 그 뒤로는 원형 테이블이 빼곡하게 놓여있었다. 테이블마다 상담하는 사람으로 가득했고, 미처 테이블을 차지하지 못한 사람들은 화장실 앞 복도와 의자에서 대기하고 있었다. 남편과 나는 이런 인파를 상상하지 못했기에 어안이 벙벙했다. 치열한 경쟁을 뚫고 상담 예약에 성공한 것이 뿌듯하게 느껴지기도 했다.

- 예약하고 오셨을까요?
- 네, 저희 △△△ 부장님을 3시에 뵙기로 했는데요.

호출로 불려온 부장은 50대 초반 정도로 보이는 훤칠한 분이었다. 칠복이도 어깨띠에 매달려 동행했기에 우리 테이블 자리를 서둘러 찾아주려 애썼다. 가까스로 테이블을 잡고 한숨을 돌리니 부장의 전화가 울렸다. 다른 예약자가 찾는다는 전화인 듯했다.

　- 죄송하지만 먼저 예약되어 있던 상담이 밀려서, 우선 저희 실장에게 설명을 듣고 계시면 마무리하는 대로 다시 오겠습니다.

　부장의 호출에 넙죽 인사하며 나타난 실장은 30대 중반 정도, 우리 또래로 보였다. 끝없이 이어진 상담이 고되었는지 땀에 절어 있었지만 쩌렁쩌렁한 목소리로 설명을 시작했다.

　- 혹시 지주택에 대해 들어보고 오셨어요?
　- 사실 저희가 잘 몰라서요. 죄송하지만 자세하게 설명을 해주시면 안 될까요?

　그동안 같은 설명을 얼마나 많이 반복했을까 싶어 미안했지만, 실장은 모른다는 대답이 익숙한 듯, 그럼 처음부터 설명해 드릴게요, 하더니 두툼한 자료를 펼쳐놓았다. 본인은 송파역 주변에서 오래 살아온 토박

이로, 몇 년 전 근처 지역주택조합, 일명 지주택에 투자를 해서 곧 입주할 예정이라고 했다. 이번에 지주택 추진하는 지역도 본인이 잘 아는 동네인데, 골목이 좁고 집들도 많이 낡아서 개발이 꼭 필요한 곳이라고 했다. 이미 주민 동의를 어느 정도 확보한 상황이라 계획대로라면 5년 후에는 건축이 다 될 거라고 했다. 홍보관 벽에는 개발추진계획과 진행 예정 시기가 큼지막한 현수막에 적혀 걸려 있었다.

실장은 길고 긴 설명을 열심히도 해주었다. 승인이 필요한 절차 중 현재 어디까지 진행된 것이고, 지주택 주변으로 가로주택정비사업을 하고 있어서 지주택 경계가 명확하므로 앞으로의 진행에 어떤 이점이 있다는 등, 설명은 끝을 모르고 계속되었다.

문제는 우리 부부가 그 얘기를 온전히 이해할 수 없었다는 것이었다. 부동산 초보인데다 지주택이라는 말을 이곳에 와서 처음 들었으니 더더욱 개념이 잡히지 않았다. 그러나 열변을 토하는 실장에게 차마 못 알아듣겠다는 말은 하지 못하고 서로 눈치 보며 고개를 갸웃거리고 있었다.

그 사이 부장이 상담을 끝내고 돌아왔다. 설명 잘 듣고 계시냐고, 아직 모델하우스를 둘러보기 전이면 지금이 조금 덜 붐비는 것 같으니 같이 가보는 게 어떻겠냐고 하셨다. 계속되는 설명 공세에 지쳐있었기에 때마침 반가운 제안이었다.

　모델하우스는 홍보관 2층에 마련돼 있었다. 나도 남편도 난생처음 가보는 것이라 잔뜩 기대하며 계단을 올랐다. 모델하우스 입구에 들어서자 눈앞이 화사해지면서 감탄사가 절로 나왔다. 인테리어 마감재, 소품 하나하나를 신경 쓴 덕분인지 모든 것이 세련되어 보이면서 코끝에 달콤한 향기까지 감돌았다. 신축아파트가 이런 거구나! 여기가 우리 집이라면 밥을 안 먹어도 배부르고 청소를 안 해도 더럽지 않을 것 같았다. 실장의 장황한 설명보다 모델하우스 견학 한 방이 주는 인상이 훨씬 강렬했다. 큰집은 아니었지만, 구석구석 공간 활용이 잘 되어 좁다는 느낌이 들지 않았다. 무엇보다 너무 깔끔하고 예뻐서 이대로 꾸며놓고 살고 싶다는 마음이 밀려들었다.

- 보니까 어떠세요? 괜찮죠?

- 정말 좋네요. 부장님 저희가 생각을 좀 더 해봐야 할 것 같아서요. 찬찬히 둘러보고 말씀드릴게요.

부장이 잠시 자리를 비켜준 사이 우리 부부의 속닥거림이 시작됐다.

- 여보 집 완전 좋지?

- 여보…. 여기 진짜 좋다.

- 지금 상담받는 사람도 많고 해서 금방 마감될 거 같은데…. 오늘 계약하고 가야 하나?

- 그래도 조금 더 찾아봐야 하지 않아?

둘이서 갈팡질팡하고 있던 그때, 실장이 급하게 들어와 말했다.

- 부장님, 59C 타입 고층은 지금 두 개 남았답니다. 결정하실 거면 서두르셔야 할 거 같아요.

두 개라니! 이미 모델하우스에 마음을 뺏긴 나는 주저하고 있던 남편 팔을 흔들기 시작했다.

- 여보 두 개밖에 안 남았대. 우리 오늘 계약 안 하고 갔다가 물량 다 빠지면 어떡해?

남편 얼굴에 난색이 역력했다. 우리를 보고 있던 부장이 한마디 덧붙였다.

- 오늘 안으로 계약금 보내주실 수는 있으세요?

부장 말을 들으니 괜히 자존심이 상했다. 우리가 돈이 없어서 고민하는 걸로 보이나!

- 그럼요. 은행에 모바일 대출 신청만 하면 계약금은 바로 뺄 수 있죠.

일단 큰소리를 쳤다. 계약금으로는 4천만 원이 필요했다. 중도금은 9번에 걸쳐서 내면 된다고 했으니 당장

4천만 원만 있으면 이 집의 주인이 될 수 있는 거였다. 적극적인 나와 달리 남편은 고민에 빠져있었다. 그럴 수밖에 없었다. 당장 400만 원, 아니 40만 원을 쓰기도 어려운데 4천이라니. 게다가 우리는 가볍게 상담만 받아보자고 왔던 건데 갑자기 계약금을 내고 도장 찍게 생겼으니 생각할 시간이 필요했다.

물론 성미 급한 나는 다른 사람들이 남은 두 자리를 차지하기 전에 계약서를 쓰고 싶었다. '매진 임박'이라는 홈쇼핑 멘트가 아줌마들을 초조하게 만드는 것처럼, 나 또한 이 기회를 놓치면 안 될 것 같다는 생각에 조바심이 났다. 이상하게 내 계좌에서는 대출 승인이 나지 않았고 남편 계좌로는 가능했다. 그러므로 칼자루를 쥔 것은 남편이었다.

그러나 남편 눈치를 보아하니 마음은 있으면서도 선뜻 결정 내리기 어려워하고 있었다. 우리끼리 결론짓기 어려운 상황에서 마지막으로 비빌 언덕은 역시 부모님뿐이었다. 집 문제로 다시 걱정시켜 드리는 것이 내키지 않았지만 다른 도리가 없었다.

아버님 어머님은 우리 연락을 받고 한걸음에 달려오

셨다. 철부지들이 이번엔 무슨 사고를 쳤나 조마조마한 마음으로 오셨을 거다. 매번 죄송스러웠지만, 부모님이 계시니 한결 든든했다. 우리가 한참 설명을 들었던 테이블에서 부장과 실장이 다시 설명을 시작했다.

부모님도, 심지어 두 번째로 듣는 우리도 여전히 갸우뚱하기는 했다. 공동으로 자금을 마련해 토지를 매입하고 아파트를 지어 분양받는다는 지역주택조합이 재개발이나 재건축과는 무엇이 다른지, 진행 과정에서 어떤 위험이 있을 수 있는지, 계약 전 염려할 부분은 없을지 물었지만, 답변은 모호했다. 토지 사용 동의를 이미 50% 이상 받은 상황이고, 상황에 따라 바뀔 수는 있지만 예정대로라면 2025년 12월부터 입주가 시작될 것이라고 했다. 조합원 자격을 유지하기 위해서는 입주하기 전까지 무주택이거나 소형 1주택자라는 조건만 유지하면 된다고 했다.

주변 시세보다 저렴하고, 중도금은 무이자로 대출받아 여러 번에 나눠 낼 수 있다는 점에서 우리에게 이보다 좋은 선택지가 없었다. 그러나 이렇게 장점만 있는 분양이 가능한 것인지, 혹시라도 계획대로 진행이 되지 않으면 어떻게 되는 건지, 어떻게 이렇게 저렴하게 아파트를 살 수 있다는 것인지 똑 부러지게 말해주는 사람이 없었다.

그렇다고 빈손으로 발길을 돌리기도 아쉬웠다. 매진 임박이라는 말이 주는 자극이 너무도 강렬했다. 아버님 어머님을 모셔왔지만 무슨 사업인지 알 수 없으니 선뜻 결론을 내려주시지 못했고, 우리도 마찬가지였다. 조금 더 생각해 보겠노라 하고 이해할 수 없는 자료들만 뒤적거릴 뿐이었다.

우리의 고민이 끝날 것 같지 않았는지 실장은 잠시 후 계약서와 제반 서류를 테이블로 가져왔다. 계약서는 길지 않았다. 서명란을 포함해 두 장이었다. 거기에는 30일 내로 계약을 해지하는 경우 납부 금액 전체가 환급된다고 적혀있었다. 실장이 그 부분을 짚으며 추가로 덧붙였다. 원한다면 30일 이후에도 해지는 가능하지만 업무 대행료를 제외한 나머지 차액에 대해서만 환불이 된다고 했다. 실장은 우리가 원하는 타입이 2개밖에 남지 않았으니 우선 계약서를 쓰되 나중에 해지하고 싶으면 그때 가서 해지하는 것이 어떻겠냐고, 나중에 결정하면 늦는다며 우리를 재촉했다.

결단을 내려야 했다. 장시간 진행된 상담에 모두 지쳐있었다. 남편과 나는 마지막 상의를 했고, 결론을 내렸다. 이해되지 않는 부분들이 있지만, 해지가 된다고 하니 일단은 계약서를 쓰고 계약금을 송금하자고. 그리고 집에 가서 지주택에 대해 좀 더 찾아보기로 말이다.

홍보관 밖은 어둑해져 있었다. 세 시부터 여덟 시까지, 무려 다섯 시간이나 홍보관에 있었다. 아버님 어머님을 배웅하고 남편과 집으로 돌아오는 길은 기분이 복잡 미묘했다. 뭔가 찜찜하고 이상하긴 한데, 집이 생긴다는 사실에 들떠서 그런 마음을 자꾸 접어두고 싶었다. 2025년이면 거기서 살게 되는 걸까. 계획대로만 되지 않을 테니 조금 더 걸릴 수 있겠지. 모델하우스처럼 깔끔하게 꾸며놓고 칠복이 방도 만들어줘야지. 세탁기랑 건조기도 모델하우스에 해 둔 것처럼 위아래로 두고 써야지.

이런저런 생각을 하며 집에 도착했고 아이를 재운 후 씻으니 정신이 조금 맑아지는 것 같았다. 핑크빛 미래만 생각하고 싶었지만, 그냥 넘어갈 수는 없었다. 인터넷으로 조금만 더 찾아보고 자야겠다 싶어 남편과 나는 각자 휴대폰으로 검색을 시작했다.

지역주택조합. 네이버에 단어를 검색하니 법률사무소 광고들이 눈에 들어왔다. 그런데 그 아래로 보이는 내용이 심상치 않았다. 환불 소송, 탈퇴 위약금, 지주택 사기? 살면서 접하고 싶지 않은 용어들이 차례로 빼곡했다. 기분이 싸했다. 더 구체적인 내용을 알아야겠기에 '지역주택조합, 청약통장, 아파트 분양'이라는 이름의 온라인 카페에 가입해 게시글을 하나하나 읽어 내려갔다. 글의 상당수가 지주택 탈퇴와 환불이 가능한지를 묻는 내용이었다.

아파트 분양인 줄 알고 가입했다는 사람, 자식에게 물려주려고 가입했다는 어르신, 모델하우스에 현혹되어 덜컥 계약했다가 후회한다는 부부, 몇 달 내내 환불해 준다는 말만 반복한다는 업무대행사, 성공사례를 믿고 지주택에 가입했다가 결국 사기를 당하고 자살했다는 조합원. 글을 읽을수록 불안한 마음이 커지면서, 당했다는 생각이 들었다.

토지도 없는
조합원 모집의 실체

　　　　　　　　　정리하자면 이랬다. 지역주택조합,
일명 지주택은 재개발이나 재건축처럼 그 지역에 사는
사람들이 주축이 되는 사업이 아니었다. 토지가 확보
되지 않은 상태에서 조합원을 먼저 모으고 이후 토지
를 확보해 시공사를 선정하는, 선주문 후제작 주택 공
동구매라고 이해하면 된다고 했다.

　지주택 사업에서는 토지 확보가 관건인데, 대부분은
토지 확보를 하지 못해 실패한다고 했다. 그도 그럴 것
이, 내가 잘 살고 있는 동네에 갑자기 외지인들이 들어
와서 집을 새로 짓겠다며 나보고 나가라고 한다? 성공

률이 극도로 낮을 수밖에 없는 구조였다. 사업 승인이 나려면 토지소유권을 95% 이상 확보해야 한다는데 주민들이 얼씨구나 남 좋으라고 토지를 팔아줄까. 설령 동의한다고 해도 최대한 가격을 높게 부르며 '알박기' 하기 십상이라고 했다.

토지 확보가 어려우니 다른 문제들도 줄줄이 딸려왔다. 사업 기간이 길어질수록 업무대행사에서 업무 대행 수수료 명목으로 챙기는 홍보비와 인건비가 늘어나고, 모든 비용은 선입금을 한 조합원들 돈에서 빠져나간다고 했다.

각고의 노력 끝에 토지가 확보되어 집을 짓는다고 해도 토지 확보에 든 비용이 예상보다 증가했다면 추가 분담금도 내야 했다. 재개발이나 재건축처럼 조합장이나 업무대행사의 비리 같은 고질적인 리스크도 당연히 가지고 있었다. 이런저런 사유로 사업이 불투명해지면 조합원들의 돈은 허공으로 날아갈 수도 있는 것이었다.

물론 진행이 잘 되어 실제 입주까지 한 사례들도 있

었다. 하지만 이는 극히 일부에 불과하고, 서울처럼 인구밀집도가 높고 이주비용이 많이 드는 지역은 사업 추진 성공률이 희박할 수밖에 없다고 했다.

부장과 실장은 명쾌한 설명을 하지 못한 것이 아니라 안 한 것이었다. 지주택에 대해 사실대로 이야기하면 누가 계약을 하겠는가.

그런데 이상했다. 이렇게 문제가 많다는데 왜 그렇게 사람들이 몰렸던 걸까? 홍보관 안이 발 디딜 틈 없었는데, 하나같이 우리처럼 아무것도 모르고 온 사람들이었다는 얘기인가? 이미 잘 시간을 훌쩍 넘긴 새벽이었지만 잠을 잘 수 없었다. 남편과 함께 온라인 카페 게시글을 읽으며 조각을 맞춰보았다. 글을 읽어나갈 때마다, 실상을 알게 되면 알수록 허탈하고 괴로웠다.

요약하자면 이랬다. 홍보관에 가득 차 있던 사람들은 업무대행사에서 동원한 아르바이트일 확률이 높았다. 현수막을 걸고 홍보 기사를 띄우듯, 분양 인기가 많은 것처럼 꾸며 조합원 모집을 빨리 끝내기 위한 수법이라고 했다. 이를 알 길 없는 나 같은 사람은 몰려든 인파를 보고 군중심리에 휩쓸려 계약을 서두르게 되고, 무슨 사업인지 꼼꼼하게 알아볼 틈도 없이 도장을 찍는 것이었다.

이러한 비인간적인 행태가 벌어지는 것은 홍보관에서 방문객을 상담하는 이들이 지주택 사업과는 전혀 상관이 없는 사람들이기 때문이기도 했다. 부장, 실장 같은 직함을 달고 조합원 모집을 담당하는 이들은 업무대행사에서 보수를 받는 사람들로, 계약이 성사되면 추가로 성공보수를 받기에 조합원 모집에 누구보다 열성이지만 사업의 성패에는 관심이 없었다. 이들은 사업이 어떻게 되든 조합원 모집만 끝내면 되었고, 조합원 모집이 끝나면 다른 지주택 현장으로 가서 새로운 방문객들을 상담할 사람들이었다. 화려한 말빨로, 그러나 본질은 숨긴 채 사업의 좋은 점을 부풀리면서 말이다.

머리가 아팠다. 이런 기본적인 지식도 없이 그 큰돈을 송금하다니. 홍보관에서 휴대폰으로 검색만 해 봤어도 이렇게 되지는 않았을 텐데, 스스로가 너무 바보 같았다. 그때는 뭐에 씌었는지 그 사람들이 들이미는 자료를 보는 것만으로도 정신이 없었다. 홍보관에 가보자고 한 것, 부모님을 오시도록 한 것 모두 후회가 되었다.

동시에 몹시도 불안했다. 계약자들의 탈퇴와 환불 요구가 비일비재한 만큼 업무대행사들도 보통이 아니어서 웬만해서는 계약금을 돌려주지 않는다고 했다. 환불이 가능하다고 명시된 계약서와 녹취파일, 문자를 증거로 떠밀어도 눈 하나 꿈쩍 않는다고 했다. 정말 미치고 팔짝 뛸 노릇이었다. 이미 계약이 성립된 것이니 전액 환불은 절대 안 된다며 으름장을 놓았다는 사례가 한둘이 아니었다.

어떻게 해야 할까? 하루아침에 전 재산을 날린 기분이 이런 걸까. 눈물이 나올 것 같았지만 정신 바짝 차려야 했다. 안색이 파리해진 남편과 머리를 맞댔다. 일단 아침이 되자마자 부장에게 전화해서 안 하겠다고 하자. 계약서는 썼지만 아직 인감 서류 제출 전이니 그쪽에서도 어쩌지 못할 거야. 그래도 돈을 못 돌려준다고 하면 어떡하지? 구두계약도 계약이라는데 우리는 계약서에 서명까지 했으니….

　눈 뜨고 코 베인다는 게 바로 이런 일을 두고 하는 말 같았다. 4천만 원, 그 돈이 우리에게 얼마나 큰돈인데. 절대 잃을 수 없었다. 물리적 투쟁도 불사할 각오를 했다. 홍보관에 가서 드러눕거나 대행사를 찾아가 대표 바짓가랑이를 잡거나. 이도 저도 안 되면 SNS와 온라인 카페에 지주택의 민낯을 다 공개할 참이었다. 다음 날 아침이 되기까지 시간은 더디게만 갔다.

계약을 위해
동원된 사람들

　　　　　　　다음 날, 아침 9시가 되자마자 남편이 부장에게 전화를 걸었다. 괜히 책잡힐 수 있으니 돌려 말하지 말고 핵심만 간략히 말하자며 함께 마음을 다잡았다.

　- 부장님 안녕하세요, 저희 어제 늦게까지 상담하고 계약한 젊은 부부인데요. 네, 기억하시죠? 저희가 집에 와서 다시 생각해 봤는데, 계약 안 하는 게 좋을 것 같아서 환불 부탁드리려고 합니다.

준비한 멘트를 읊었다. 전화기 저편에서 부장의 당황한 말투가 느껴졌다. 그도 그럴 것이, 어제저녁까지 몇 시간을 상담해서 계약하도록 만들었는데, 다음 날 아침 일찍 취소하겠다는 연락을 받았으니 말이다.

- 아… 혹시 무슨 문제가 있었나요? 갑자기 마음 바꾸시게 된 계기 같은 게?
- 저희가 집에 와서 찾아보니까 저희는 못 하겠더라고요. 비용도 그렇고, 기간도 너무 길어질 것 같고요….

잠시 침묵이 흘렀다.

- 음… 잠시만요. 제가 실장 쪽에 전화 다시 드리라고 하겠습니다.

짧은 통화였지만, 통화를 끝낸 남편도, 옆에서 듣고 있던 나도 심장이 쿵쾅거렸다. 우리가 죄를 지은 것도 아닌데 왜 이리 떨릴까. 부장은 우리 요구에 어떻게 대응할지 상의하고자 전화를 잠시 끊은 것 같았다. 보아

하니 술수가 좋거나 아주 약은 사람은 아닌 것 같았다. 실장에게 처리를 맡기려나. 그럼 그 전화는 언제 오려나. 아침 9시까지 기다리는 것도 힘들었는데 또 기다려야 했다. 휘둘리지 말고 핵심만 말하자며 호흡을 가다듬던 중 전화가 울렸다. 실장이었다. 부장에게 이미 얘기를 들어서 그런지 한껏 힘을 준 목소리였다.

  - 안녕하세요, 부장님께 얘기 들었습니다. 무슨 문제라도 있으신가요?
  - 아, 문제가 있는 건 아닌데요. 저희가 더는 진행을 못 할 것 같아서요. 계약금 환불을 받고 싶습니다.
  - 어떤 이유로 그러시는지 말씀을 좀 해주시겠어요? 제가 사업 설명을 더 자세하게 드려볼게요.
  - 아니요, 그런 건 아니고 여기 투자하는 게 저희 성향에 맞지 않는 것 같아서요. 찾아보니 위험부담이 좀 큰 것 같더라고요.
  - 아, 어제 설명해 드렸던 것처럼 저희가 주민 동의를 이미 상당히 받아놓은 상황이라, 그런 부분은 걱정하지 않으셔도 됩니다. 추진위원회에서도 최대한 신속

하게 사업 진행하려고 하고 있고요, 또….

　얘기가 길어질 것 같았다. 요구사항을 명확히 해야
했다.

　– 아니요. 저희가 설명을 더 들으려는 건 아니고요.
저희는 그냥 환불을 받으면 좋을 것 같아요.
　– 음…. 어제 계약하고 제일 마지막에 나가시고 오
늘 갑자기 이러시니까. 제가 부장님께 상의 드리고 다
시 전화를 드릴게요.

　우리가 어떤 말을 하더라도 완강한 방어태세였다.
이대로 시간을 끌면서 환불을 해주지 않으려는 건가
싶었다. 마음 같아서는, 인터넷에 찾아보니 모두 안 좋
은 얘기뿐이라고, 심지어 사기라는 사람도 있던데 어
제 왜 제대로 설명을 안 해준 거냐고 따지고 싶었다. 그
런데 돈이 걸려 있으니, 심지어 그 돈을 받을 수 있을지
없을지 모르는 상황에서 상대방 심기를 거스르는 얘기
를 섣불리 하면 안 될 것 같았다.

다시 전화가 오면 무슨 말을 해야 할지 남편과 고민하며 기다렸다. 둘 다 시계를 어찌나 자주 봤는지 시계가 멈춘 듯도 했다. 시간은 벌써 10시 반을 넘어가고 있었다. 한 시간이 넘도록 기다렸지만, 실장 전화는 다시 오지 않았다. 싸한 기분이 드는 것이 뭔가 이상했다. 더는 지체되면 안 될 것 같아 다시 전화를 걸었다.

  - 실장님, 연락이 없으셔서 전화 다시 드렸어요.

  실장 목소리는 싸늘하게 바뀌어 있었다.

  - 예. 부장님이 전화 다시 하실 겁니다.
  - 부장님이 전화 주신다고요? 저희는 환불 처리만 되면 되는데요.
  - 조금 기다려보세요.

  짧은 대화 후 전화가 다시 끊겼다. 한숨이 나왔다. 이렇게 전화를 계속 돌려 막겠다 이거지. 우리도 오기가 생겼다. 십분 남짓 더 기다렸으나 전화는 오지 않았다. 종일 기다린다 한들 전화가 올 리 없을 것 같았다. 부장에게 다시 전화를 걸었다. 빤질빤질해 보이는 실장보다는 조금이나마 수더분해 보이는 부장 쪽에 얘기하는 것이 나을 것 같았다.

- 부장님, 실장님께 전화했더니 부장님이 전화할 거라고 하셨는데요, 저희가 계속 집에서 전화 기다리는 게 힘들어서요. 환불 처리만 받으면 되는데, 지금 홍보관으로 갈까요?

- 아, 지금 저희가 상담이 굉장히 많습니다. 주말 내내 계속 밀려있는 터라. 일단 저희 실장하고 다시 얘기해 보시죠.

- 두 분이 자꾸 전화를 서로에게 넘기시는데, 저희는 누구하고 통화를 해야 하나요? 어느 쪽에 얘기하면 되는 건지 확실히 좀 해주세요.

- 예. 실장하고 통화하시면 됩니다. 다시 전화를 해보시죠.

우리 목소리도 점점 거세지기 시작했다. 실장에게

다시 전화를 걸었다.

- 실장님. 실장님이 처리 권한이 있으신 것 같은데요. 어제 상담할 때 분명히 환불이 가능하다고 말씀하셨잖아요.

- 그렇긴 한데 이렇게 빨리….

이렇게 빨리 환불을 해달라고 할 줄 몰랐다는 말이었다. 우리가 강하게 나가자 실장도 당황하며 말끝을 흐리는 눈치였다.

- 저희가 집에 와서 찾아보니 지주택은 짓기도 어렵고, 설령 시행된다고 하더라도 너무 오래 걸린다고 하네요. 저희는 그렇게 애매한 상태에서 오래 기다려야 하는 줄 모르고 계약한 것이니 환불해 주세요.

- 그래서 어제 설명을 자세하게 해드린 겁니다. 지금 추진위에서도 사업을 서둘러 진행하려고 노력하고 있고, 1차 조합원 모집도 거의 막바지인 상태예요.

- 아니요 실장님, 저희는 설명을 더 듣고 싶은 게 아

니라 환불만 받으면 돼요. 더 설명해 주지 않으셔도 되고요, 설명을 듣는다고 해도 마음 바꿀 생각 없습니다. 지금 홍보관으로 가면 될까요?

우리가 재촉하자 실장도 화가 난 것 같았다.

- 알겠습니다. 무슨 말씀이신지 알겠는데, 저희도 절차라는 게 있잖아요. 부장님께 보고하고 절차 거쳐서 다시 전화를 드릴게요.
- 부장님이요? 이미 부장님께도 저희가 말씀을 다 드렸는데 또 어떤 보고를 한다는 말씀이세요?
- 아니, 이게 서두른다고 되는 게 아니고 저희도 절차를 밟아야 해요. 그렇게 쉽게 쉽게 해드릴 수 있는 게 아니라고요. 위에 보고드리고 결재도 받아야 하고요.

이제 알 것 같았다. 이게 이 사람들 수법이구나. 시간 끌기. 울화통이 터지려는 걸 간신히 부여잡았다. 칼자루는 부장과 실장이 쥐고 있었고, 전화 몇 번에 오전 시간이 이미 다 지나가 버린 후였다. 아침 점심도 먹는 둥 마는 둥 했다. 피 같은 돈이 날아가게 생겼는데 밥이 넘어갈 리가 없었다.

소득 없는 대화로 오전을 날리는 동안 우리도 악에 받치기 시작했다. 오후에 전화해서 말이 통하지 않으면 홍보관으로 쳐들어갈 심산이었다. 남편도 나도 벼랑 끝이었기에 못할 것이 없었다.

오분, 십분, 시간이 가기만을 꾸역꾸역 기다렸고 두 시까지 버렸다. 보고, 결재, 절차. 회피를 위한 변명인 걸 알면서도 보고, 결재, 절차대로 처리되기를 간절히 바랐다. 혹시라도 절차대로 처리가 되는 와중에 코 빠뜨리지 않게, 꾹꾹 참고 기다려서 두 시까지 기다렸지만 더 이상은 무리였다. 다시금 마음을 가다듬은 후 실장에게 전화를 걸었다.

- 실장님. 환불 절차 어떻게 되어갈까요.
- 부장님이 전화하신답니다. 조금 기다리세요.

다시 전화가 끊겼다. 사기꾼 같은 자식. 어제는 환불할 수 있으니 걱정하지 말고 계약하라더니, 뭐가 어째? 본인이 해봤더니 좋다면서 알려주더니, 좋다는 게 이 지주택이냐? 양심 없는 놈. 세상 물정 모르는 또래가 애를 둘러업고 찾아왔으면 더 잘 알려주고 조심하라고 해줬어야지. 아기 때문에라도 좋은 곳에 집을 마련하려고 한다고 이런저런 사정 읊던 우리에게 어떻게 이렇게 뒤통수를 친단 말인가. 당장이라도 달려가 실장 멱살을 잡고 길길이 날뛰고 싶었다. 이렇게 기다릴 수만은 없었다. 부장에게 전화했다.

　- 부장님. 실장님이 바쁘신지 전화를 제대로 못 받으시네요. 저희 지금 홍보관으로 가겠습니다. 출발할게요.

　- 오늘은 사람이 너무 많아서 저희가 정신이 없습니다. 주말이잖아요.

　- 저희 정말 환불받아야 해요. 전화로는 확인이 안 되는 것 같으니 찾아갈게요. 저희 나갈 준비 다 했으니 바로 가겠습니다.

　진짜로 찾아갈 기세를 보이니 당황하는 것 같았다.

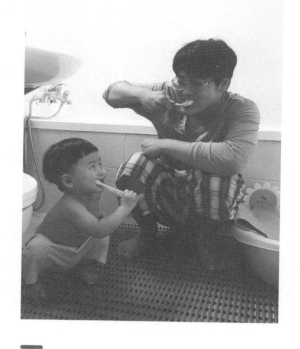

그저 우리 식구 오손도손 행복하게
살 집을 구하고자 했던 것인데.
욕심이 컸던 것일까 싶은 생각도 들었다.

- 저 그럼. 실장한테 얘기해두겠습니다. 내일 오전에 오시죠. 오전에 오시면 말씀 나누실 수 있게 준비해두겠습니다.

환불을 해주겠다는 확답이 아니었다. 그저 방문객이 몰리는 주말은 피하고 싶은 눈치였다. 사람이 많을 때 싸워야 유리하지 않을까, 무작정 가볼까도 싶었지만, 그러다 눈 밖에 나는 것도 두려웠기에 일단은 시키는 대로 할 수밖에 없었다.

두 시까지 기다리느라 진을 다 뺐는데, 더는 할 수 있는 일이 없으니 맥이 탁 풀려버리는 것 같았다. 내일 오전까지 어떻게 기다려야 할지도 암담했다. 하염없이 시간을 보내는 일이 이토록 고된 것인 줄 몰랐다. 평일에 찾아가서 해결이 안 되면 다음 주말에는 꼭 막무가내로 나가자, 홍보관 앞에 자리 깔고 드러누워 소리소리 지르자며 남편과 결의를 다졌다. 눈물이 나오려는 것을 꾹 참았다. 부장과 실장이 바람을 넣었다지만, 결국 내가 자초한 일이니 그저 이 시련이 지나가기를, 잘 매듭지어지기를 바랄 뿐이었다.

시간 끌기로
계약금 환불을 미루다

다음 날인 월요일, 아침부터 움직여야 했기에 친정엄마께 칠복이를 보러 와 주십사 연락드렸다. 남편은 출근하는 것처럼 나갔지만 오전 반차를 냈고, 나는 볼일을 보고 오겠다고 엄마에게 둘러댔다. 이런 일이 생겨 해결하러 간다고 하면 온 집안에 난리가 날 것이 뻔했다.

우리는 밤새 인터넷을 뒤져 지주택 환불 사례를 몇 건 찾아냈고, 환불할 때 준비해오라고 했다는 서류들을 적어두었다. 홍보관으로 가기 전 주민센터에 들러 서류를 미리 발급받아 갈 참이었다.

환불 성공사례 중에 업무대행사에 전화해 담판을 지었다는 사람도 있었다. 업무시간이 되자마자 대행사에도 전화를 넣어보기로 했다. 할 수 있는 건 다 해보자. 다만 몇 건이었지만 환불에 성공한 사람이 있다고 하니 조금은 힘이 났다.

남편이 주민센터에서 서류를 떼는 동안 나는 업무대행사 정보를 검색했다. 업무대행용역계약서에 나와 있는 주소로 거리뷰를 확인해 실체가 있는 곳인지부터 파악하고자 했다.

그런데 대행사 주소로 되어있는 건물은 서대문구에 있는 시장 골목에 있었고, 건물 사진에는 약국과 슈퍼, 밥집 간판만이 보일 뿐이었다. 불길한 마음에 가슴 한쪽이 막혀오는 것 같았다. 그래, 주택건설사업자로 등록만 해 둔 주소일 수 있으니 전화를 걸어보자. 다행히 통화연결음이 들렸고 연결음이 끝나자 전화를 받은 쪽은 젊은 여직원이었다.

 - ○○○입니다.

당시 주민센터 가는 길이 얼마나 멀고 길던지.
마음만 급했을 뿐 발걸음은 무겁기만 했다.

- 거기 ◇◇◇◇◇ 업무대행사 아닌가요?

- 아 네, 맞습니다.

전화를 받은 여직원은 처음에 분명 다른 회사명을 말했다. 여러 회사가 이름만 걸어놓고 하나의 전화번호를 사용하는 것 같았다.

- 저, 대표님과 통화를 하고 싶은데요.

- 대표님이요? 어떤 일 때문에 그러시는데요?

화들짝 놀란 것이 느껴졌다. 노련한 사람은 아닌 것 같았다.

- 지주택 건으로 저희가 환불을 하고 싶은데, 홍보관에서는 환불이 어려운 것 같아서 연락드렸습니다.

- 환불이요? 환불은 홍보관에서 상담하신 분하고 말씀하시면 될 것 같은데요.

- 상담하신 분들과 어제 내내 전화를 했는데, 권한이 없으신 것 같아요. 저희는 대표님께 말씀을 좀 드려

야겠어요.

일부러 안하무인인 척했다. 점잖게 행동하니 아무도 상대해 주지 않았다. 오늘은 거침없이 무대뽀로 나가기로 노선을 정했다.

– 대표님하고 이야기하실 사안은 아닌데요…. 제가 홍보관에 연락드리고 상담하신 분께 전화드리라고 말씀드리겠습니다.

– 어제 계속 전화를 해서 아마 알고 계실 텐데요. 그러면 저희가 업무대행사에 연락해서 대표님을 찾았다는 얘기도 남겨주세요.

우리가 환불을 받으려고 여기저기 들쑤시고 다닌다는 걸 홍보관에서도 알아야 빨리 처리가 될 것 같았다. 실제로 어떤 회사인지는 모르겠지만, 우리 느낌에는 업무대행사도 알맹이가 있는 것 같지는 않았다. 대행사가 지주택 사업을 성공시킨 경험이 있다거나 공신력이 있는 곳에서 인정받았다고 해도 불안할 판인데, 실체가 불분명하다면 더욱이 환불을 서둘러야 했다. 홍보관이 보름 뒤 문을 닫기 전까지, 즉, 1차 조합원 모집을 완료하기 전에는 쇼부를 봐야 했다.

택시를 잡아타고 홍보관으로 가는 길. 실장에게 곧 도착한다는 문자를 보냈다. 어제 실장에게 보낸 문자는 이랬다.

'부장님 통해 말씀 전달받으셨을 거라고 알고 있어요. 내일 오전 9시 반쯤 찾아뵙겠습니다. 해지 프로세스와 필요서류도 명확하게 알려주세요. 바쁘실 텐데 원만하게 해결되었으면 합니다.'

실장에게서 답장이 왔다.

'죄송한데 30분에는 제가 미팅이라, 차 좀 드시고 계시면 끝나고 바로 가겠습니다.'

오전부터 미팅이라니. 핑계일 것이었다. 우리도 바

로 실장 얼굴을 볼 수 있을 거란 기대는 안 했다. 그렇지만 얼굴을 볼 때까지 버틸 참이었다. 홍보관으로 들어서서 직원에게 환불하러 왔다고 하니 우리를 구석 테이블 한쪽으로 안내했다. 따뜻한 마실 거리를 내어주겠다는 체면치레 호의는 거절하고 굳은 표정으로 앉아 있었다. 하나둘 출근하는 직원들이 우리를 곁눈질하는 것이 느껴졌다.

테이블에 앉아 있는 동안 거리낌 없이 홍보관에 들어서는 아주머니들이 보였다. 월요일 이른 오전부터 방문객이 있을 리 없었으나 방문객처럼 일상적인 차림의 아주머니들이었다. 번뜩 지난밤 보았던 카페 글이 뇌리에 스쳤다. 그랬다. 그들은 방문객도, 직원도 아니었다. 사람이 붐비는 것처럼 보이기 위해 투입된 아르바이트생들이었다. 아주머니들은 커피를 뽑아 들고는 아무 용건 없이 저마다의 자리에 앉았다. 상담 테이블은 비워둔 채 간이의자나 화장실 앞 공간에, 아주 자연스럽게 말이다. 그 모습을 보고 허탈감에 한숨을 쉬고 있던 그때 누군가 와서 인사를 청했다.

– 안녕하세요, 저는 ○○○ 이사입니다. 저희 부장, 실장하고 어제 통화하셨다고요. 이쪽 편한 자리로 오시지요.

부모님 또래쯤 되어 보이는 이사라는 사람은 우리를 깍듯이 대하며 VIP 상담부스로 안내했다. 사람 좋아 보이는 인상이었지만 우리는 경계를 바짝 했다.

– 대행사 사무실에도 전화를 하셨었다고. 허허.

– 네. 저희는 환불이 언제든지 가능하다는 얘기를 듣고 토요일에 계약했는데, 집에서 다시 찾아보니 저희 성향으로는 이 사업을 기다릴 수가 없을 것 같아서 일요일에 바로 부장님 실장님께 환불 요청을 드렸거든요. 그런데 계속 전화를 피하기만 하셔서 이렇게 찾아왔습니다.

– 아이고, 그래서 이렇게 화가 나셨군요. 저희 직원들하고 오해가 좀 있으셨던 것 같은데, 서로 오해는 풀어야 하지 않겠습니까.

– 오해가 아니라요 이사님. 저희는 환불 처리만 신

속하게 해주셨으면 하는데 계속 다른 말씀을 하시니 답답해서 강하게 말씀드리는 겁니다.

　- 예 그러셨군요. 음 그러면 갑자기 환불을 원하시게 된 연유가 있나요?

　또 반복이다. 업무대행사 사람들 정말 지긋지긋했다. 이미 다 한 얘기를 도대체 몇 번을 하게 하는 것인가. 간단하게 얘기해야겠다 싶어 사업 추진이 되는 기간을 기다릴 수 없을 것 같다고 했더니, 걸려들었다 싶었는지 반색을 하며 설명을 이어갔다.

　이렇게 좋은 동 호수를 받아놓고 왜 중간에 포기하려고 하냐. 본인은 이 사업 말고도 다른 사업 몇 개를 본인 자식들 이름으로 해두었다, 물론 기다리는 게 쉬운 일은 아니지만 5년 10년 금방이다. 기다리다 보면 브랜드 아파트가 떡 하니 지어져 있을 텐데 이 좋은 걸 왜 그만두는지 모르겠다. 본인이 지금까지 여러 지주택사업을 지켜봐 왔지만 이렇게 추진위가 적극적인 곳도 없더라. 홍보관 2층을 추진위 사무실로 쓰고 있는데, 추진위 대표나 위원들이 항상 출근해서 상황을 살

퍼보고 있다….

이런 똑같은 설명을 다시 들으려고 여기 온 게 아니었다. 세게 나가야 했다.

– 이사님. 지주택 찾아보니 말도 많고 탈도 많던데요. 대부분은 중간에 좌초되고 지어봐야 분담금만 더 내야 한다는데, 저희는 성공할지 실패할지 모르는 사업에 계속해서 투자하고 싶지도 않고요, 불안해서 더는 진행 못 합니다. 이제는 저희에게 설명하실 필요 없으니 환불에 필요한 서류 알려주십시오. 좋은 사업이니 다른 조합원 모집해서 진행하시면 되는데 왜 이렇게 저희를 붙잡으려는지 모르겠네요. 분명히 말씀드리지만, 저희는 빠지겠습니다. 계속 이렇게 환불 안 해주시면 저희도 인터넷에 올리거나 홍보관 앞에서 시위하거나 하겠습니다.

인터넷에 올리겠다는 얘기가 나오자 이사라는 사람의 안색이 돌변했다. 허허실실 웃던 조금 전의 그 이사가 아니었다. 이사는 자기가 환불 처리는 해주겠지만,

오해는 바로잡겠다며 자료를 꺼내오기 시작했다. 이제는 지주택 설명이라면 진절머리가 났지만, 본인 얘기를 들어야 끝을 내줄 기세였다. 우리가 안 좋은 이야기를 어딘가에라도 하면 조합원 모집에 타격이 있으니 그걸 막고자 하는 것 같았다.

우리 입을 막으려 안간힘 쓰는 이사가 곱게 보이지 않았고, 지금까지 겪은 지주택과 업무대행사의 행태에 치가 떨렸지만, 마지막 관문이라는 생각이 들었다. 내키지 않았지만, 이사의 장황한 설명을 모두 들은 후 이제 오해 없겠냐는 질문에 알겠다고 하고서야 풀려날 수 있었다.

이사가 자리를 뜨자 실장이 무미건조한 얼굴로 등장했다. 그러고는 환불 처리에 필요한 서류 목록을 읊어주었다. 우리도 더는 감정을 섞거나 에너지를 쓰고 싶지 않았다. 홍보관을 처음 방문했던 날부터 오늘까지 며칠간 감정 소모한 것만으로도 충분했다. 미리 준비해 간 서류 외에도 몇 가지가 더 있어야 했기에 주민센터를 들렀다가 오전 중으로 다시 오겠다고 했다. 잘 가라는 흔한 인사도 없이, 실장과 우리는 헤어졌다.

이사든 부장이든 실장이든 다시는 연락할 일이 없었으면 했지만, 그 후로도 일은 순탄하지 않았다. 설날 전후로 입금될 거라던 계약금은 설날이 지나고 그다음 주가 되어도 들어오지 않았다. 실장에게 연락하면 짜증 섞인 말투로 환불 요청해놓은 상태이니 기다리라고만 했다. 신탁회사 담당자에게 물어도 역시 짜증 가득한 목소리로 이런 건이 얼마나 많은 줄 아냐, 내가 이 사업만 담당하는 것이 아니니 대행사에서 서류가 들어오면 알아서 처리될 것이다, 아직은 서류가 들어오지 않았다며 투덜댔다.

조합원 모집이 다 될 때까지 시간을 끌다가 환불을 안 해주면 어쩌지 싶어 새로운 방문객인 척 전화해 조합원이 어느 정도 모집되었는지 묻기도 해 봤지만, 전화로는 답을 해주지 않았다. 어떻게 해서든 끌어들이려는 속셈인 듯 방문하면 자세하게 설명해 주겠다는 말뿐이었다.

몇 주를 기다려 입금을 받았으나 4천만 원 중 천만 원만 입금이 되어, 신탁회사 담당자와 실장 목소리를 또다시 들어야 했다. 대행사에서 서류를 빠뜨려 계약금이 부분 입금된 것이라고 했고, 나머지 3천만 원의 계약금을 돌려받는 데 다시 며칠이 소요되었다.

지주택의 위험성을 감지한 날부터 모든 계약금을 돌려받기까지 한 달 정도가 걸렸다. 그동안 우리 부부 모두 대단한 마음고생을 했다. 둘 다 잠을 제대로 자지 못해 식욕이 떨어져 살이 빠졌고, 우울한 마음에 대화도 줄어갔다. 계약금이 모두 입금되었던 날 서로를 부둥켜안고 얼마나 안도했는지 모른다. 한 달을 기다리는 것도 이렇게 힘들었는데, 지주택 투자를 계속했더라면 얼마나 더 괴로웠을까.

이번 지주택 일을 겪으면서 느낀 건 확실하지 않은 상황을 견뎌내는 것은 정말 가혹한 일이라는 것, 지주택 뿐만 아니라 재개발, 재건축, 리모델링 사업 모두 결국 마찬가지일 것이라는 생각이었다. 집이라는 것이 뚝딱 지을 수 있는 게 아니며 수많은 이해관계인이 자신들의 재산과 이익을 위해 다툴 텐데, 계획을 추진하는 과정에서 얼마나 많은 잡음과 고난이 있을까. 무수한 걱정과 고민을 쏟는 시간과 기회비용을 따졌을 때,

지주택이건 재건축이건 결코 싼값으로 집을 얻는 게 아니라는 생각이 들었다.

시부모님께는 모든 일이 다 마무리된 후, 찾아보니 별로여서 계약을 해지했다고만 말씀드렸다. 이것저것 더 묻지 않으시고 너희가 그렇게 결정한 것이니 그럴 만했겠지, 하고 지나가 주셔서 감사했다. 이런 비하인드 스토리를 들으면 얼마나 놀라실까 싶지만 잘 해결되었으니 이제는 말씀드릴 수 있을 것 같다.

○　　　집

내 맘에 딱 드는
집은 있어도
내 능력에 딱 맞는
집은 없다

2020년 5월, 육아휴직을 마치고 복직했다. 시부모님이 그해 경기도 광주로 이사를 가셔서 칠복이 걱정이 컸는데, 감사하게도 친정어머니와 번갈아 아이를 돌봐주시기로 했다.

광나루 전셋집 만기는 1년 정도 남아있었지만, 직장을 다니며 아이 돌봄을 부탁드리려면 양가 부모님이 계시는 지역 중 어느 한곳이라도 가까운 곳으로 집을 옮기는 것이 좋을 것 같아, 다음 집 결정과 이사를 서두르게 되었다. 칠복이가 돌쟁이가 되면서 움직임이 많아졌기에 지금보다는 넓은 집으로 가고 싶었다. 그러나 집값은 계속해서 오르고 있었고 이를 보는 우리의 불안은 깊어갔다. 당장 살 수 있는 집이 있다면 덥석 사버리고 싶은 마음이었다.

이천 출퇴근은 어디에서든 힘들었기에 남편보다는 내 출퇴근 편의에 맞춰 친정 부모님 댁 근처인 노원에서 집을 알아보기 시작했다. 양도세와 취득세 부담 때문에 매물 자체는 많이 줄었다고 했지만, 석계역과 광운대역 주변에는 매물이 꽤 있었다. 문제는 가격이었다. 강남권에서는 몇 년 사이 두 세배 뛴 아파트도 있으니 이 지역은 그나마 덜 오른 편이라고 했으나 고작 1~2년 사이에 몇억이 오른 호가가 황당할 뿐이었다.

몇몇 부동산을 통해 매물로 나온 집을 찾아가 봤지만 예산에 맞추려면 집이 너무 좁거나 오래되어 선뜻 마음이 가지 않았다. 1, 6호선 환승역인 석계역보다 1호선 광운대역 주변이 조금이라도 저렴하지 않을까 싶었지만, 그것도 아니었다. 광운대 역세권 개발계획이 가시화되고 GTX-C 노선이 연결된다는 계획이 나오면서 인근 집값이 들썩였다. 베란다 앞이 담장으로 막히고 햇빛이 들지 않아 지하실이라고 해야 할 법한 광운대역 근처 아파트 1층 매물 가격도 6억이 넘었다.

매물 찾기는 어려웠지만 여러 번의 부동산 탐방을 하며 좋은 부동산 사장님을 만나기도 했다. 이 동네에서 집을 꼭 찾고 싶다고 이런저런 사정을 말씀드리니 우리 예산으로 살 수 있는 적합한 매물을 같이 고민해주신 분이었다. 친정 근처라 어느 정도 동네 지리를 알았기에 사장님이 어떤 이유로 그 매물을 추천하는지, 단순히 거래를 목적으로 하는 것이 아니라 우리 가족의 생애 주기를 고려해서 진심 어린 조언을 해주신다는 것을 느낄 수 있었다.

A라는 지역에 경전철이 새로 생기는데, 경전철 바로 앞 브랜드 아파트는 예산에서 초과하니 경전철까지 도보로 갈 수 있는 근처의 모 아파트를 사도 괜찮다. 주변에 초등학교부터 중고등학교까지 있으니 아이가 클 때까지 살아도 나쁘지 않고, 어릴 때 잠시 살다가 학군 좋은 곳으로 옮겨가는 것도 괜찮다는 등 맞춤형 매물들을 소개하시는 설명에서부터 내공이 느껴졌다.

매물로 나온 집 주인들의 속 사정도 파악하고 계셔

서 좋았다. 이 집은 남자아이가 둘이라 집이 좁아 이사 가고 싶어 한다, 이 집 주인은 미국 시민권자인데 가끔 한국에 들어왔을 때 살던 집을 정리하려고 내놓은 거다, 여기는 주인이 투자용으로 사놨던 곳이고 최근에 인테리어를 해서 같은 동 다른 집과는 구조가 살짝 다르지만 공사를 잘해놔서 살기 괜찮다 하는 정보들.

집을 사려는 사람은 그 집의 장점만큼이나 단점도 알고 싶고 특히 집이 왜 매물로 나왔는지 궁금하기 마련인데, 이 사장님은 매수인에게나 매도인에게나 진심으로 대하며 양쪽의 상황을 조율하는 분이었다. 본인에게 한번 고객은 영원한 고객이라고 하셨는데, 이분과 계약을 하게 된다면 나중에 집을 팔 때도 당연히 부탁하고 싶다는 생각이 들 정도였다.

물론 마음에 드는 매물 찾기는 사장님의 정성과는 별개였다. 강화된 세금 때문에 매물들이 잠겨있는 상황이었고 우리 예산이 큰 집을 사기에는 모자라고 작은 집을 사기엔 여유가 있는 애매한 지점에 있었기에 더 그랬다. 사장님은 고민하는 우리를 보시더니 예산

범위에서는 벗어나지만 소개해 주고 싶은 집이 있는데 구경 삼아 가보겠냐고 물으셨다. 현재로서는 더 이상 볼 수 있는 집도 없었기에 경험을 쌓을 겸 사장님을 따라나섰다.

도착한 곳은 광운대역 맞은편의 두 동짜리 구축 아파트였다. 역을 오갈 때 보기는 했지만, 아파트 안쪽으로 들어와 본 것은 이번이 처음이었다. 주인아주머니는 온화한 얼굴로 우리를 맞아주셨다. 매물로 나온 11층 집은 환하고 따스한 분위기가 입구부터 풍겨 나왔고, 뻥 뚫린 뷰와 파란 하늘이 감탄을 자아내었다. 예산이 올라가면 집이 이렇게 달라지는구나. 볕이 들지 않아 어두컴컴하던 근처 아파트 1층 매물과는 딴판이었다.

주인 부부는 청약에 당첨되어 12월에 옆 동네 신축 아파트로 입주를 앞두고 있고, 잔금 마련을 위해 집을 매매한다고 하셨다. 부동산 사장님은 광운대역이 개발되더라도 이 아파트 바로 앞 부지는 녹지와 공공용지라 뷰가 막히는 일은 없을 것이고, 아파트 옆으로 중랑

천을 건너는 고가도로도 만들어질 예정이라고, 도로가 생기면 집값은 통상 억 단위로 뛴다고 귀띔하셨다.

귀가 얇은 우리는 솔깃할 수밖에 없었다. 단언컨대 우리가 지금까지 봐왔던 매물 중 가장 마음에 드는 집이었다. 실거주 목적뿐만 아니라 투자용으로도 충분히 가치가 있어 보였다. 사장님은 우리가 좋아하는 것을 보시고는 집이 주는 기운도 무시할 수 없다고, 주인 부부가 잘되어 이사 가시는 것이고 집도 너무 환하고 좋다고, 혹시라도 돈을 좀 더 마련할 방법이 없을지 고민해 보자고 하셨다.

주택담보대출을 받아 마련할 수 있는 최대 금액은 6억 5천 정도였고 이 안에서 복비며 세금, 이사비 같은 부대비용까지 해결해야 했으니 집값은 그보다 낮아야 했다. 주인 부부가 6억 9천을 원했기에 모든 비용을 고려하면 7억이 넘는 돈이 필요했다. 예산 초과였지만 그 집 창밖으로 시원하게 보이던 전망이 너무나도 탐이 났다. 그 집에서 살다 보면 청약 당첨 같은 행운이 우리에게도 굴러올 것 같았다.

지역의 호재는 가격 상승으로 이어지기 마련이다.
광운대 역세권 계획 또한 대형 호재였다.

어떻게든 돈을 구해볼 수 있지 않을까 싶어 집에 와서도 계산기를 두드렸다. 적금을 깨고 보험 대출에 퇴직금 중간 정산까지 받으면 그중 얼마는 마련할 수 있을 것 같았다. 염치없지만 동생들이 모아놓은 돈이 있으면 잠깐 빌려 쓰면 어떨까도 싶었다. 남편이 극구 말려 물어보지는 못했지만 빌려만 준다면 그 돈은 제일 먼저 갚겠다는 서약서라도 쓸 참이었다.

집을 사고 싶은데 예산이 부족하다고, 혹시 가격을 조정해 주실 여지가 없을지 주인 부부께 여쭤봐달라는 연락을 드렸더니, 확인해 보겠다던 부동산 사장님은 집이 나갔다는 소식을 전해주셨다. 우리 뒤로 집을 보러 온 사람이 바로 계약 의사를 밝혔다고 했다. 그렇구나, 우리의 탄식에 제 일처럼 안타까워하시는 사장님께 아쉬운 마음과 감사 인사를 전했다.

고민하는 동안 기회를 잃은 것 같아 못내 아까웠다. 조금만 더 일찍 연락을 드렸다면, 예산에 살짝만 더 여유가 있었으면 좋았을 텐데. 열심히 고민했던 것이 허무하기도 했다. 그러나 이미 떠나간 버스였다. 아쉬운 마음을 달래며 다음번에 다시 마음에 드는 집을 만난다면 길게 고민하지 말고 결단을 내려 보자고 다짐했다.

○　　　　　　우리 집

드디어 찾았다!

문화센터에서 만났던 현대 언니 주장은 단호했다. 인구수는 줄어도 1, 2인 가구는 증가해 전체 가구 수가 줄어들지는 않는다. 규제가 심할수록 수도권 집중화 현상은 두드러질 것이며, 서울 거주 수요는 항상 있기에 서울 집값에 조정은 있어도 장기적으로는 절대 하락하지 않을 것이라고 했다. 맞는 말이었다. 우리도 서울 직장에 발이 묶이니 서울 생활권을 벗어날 수가 없었다. 어떻게든 서울에 발 디딜 곳을 찾아야 했지만, 집 걱정을 반복한다고 하늘에서 집이 뚝 떨어지는 것도, 아파트값이 내려가는 것도 아니었다.

그저 막연한 걱정에 피로도만 올라가고 있던 어느 주말이었다. 그날도 칠복이를 낮잠 재우고 남편과 부동산 앱으로 매물을 검색하고 있었다. 얼마 전 광운대 아파트 매물을 놓친 이후로도 우리는 그 근방 매물을 찾고 있던 중이었다.

 - 여보 이 동네는 어때? 석계역에서 조금 더 뒤로 빠지는 곳인데.
 - 공릉동? 여보 여기 태릉우성아파트 쪽 아니야?

남편이 찾은 매물은 매서웠던 작년 겨울 아기를 업고 임장을 다녀온 곳 근처로, 여러 부동산에 6억 8천 급매로 올라와 있었다. 예산이 빠듯했지만, 일단은 매물을 확인해 보는 게 중요한 것 같아 부동산에 연락해 약속을 잡았다. 다행히 그날 늦은 오후에 방문할 수 있다고 했다. 칠복이를 데리고 가면 집을 충분히 보지 못할 것 같아서 친정 부모님 댁에 아이를 맡기고 준비를 서둘렀다.

발길을 재촉한 덕분에 약속 시간 전 공릉동에 도착했다. 지난해 태릉우성아파트를 보러 왔을 때와는 느낌이 사뭇 달랐다. 태릉우성은 1985년에 지어진 아파트라 외관도 정비되어 있지 않고(재건축 이슈 때문에 일부러 정비하지 않았을 수도 있겠지만) 지하 주차장도 없어 주차된 차들로 복잡해 보였는데, 바로 옆인 이 단지는 2000년에 지어져서 지하 주차장도 있고 아파트 외관과 주변 구획이 잘 정비되어 있었다. 한번 와본 곳이라 동네가 익숙하게 느껴지기도 하고, 태릉우성 그 집에서 보이던 아파트가 바로 여기였구나 싶어 반가운 마음마저 들었다.

집 앞에서 만난 부동산 사장님은 작은 체구의 여자분으로 에너지 넘치는 활달한 분이었다. 전화 너머로 들렸던 하이톤의 목소리와 매칭이 잘 되어 보였다. 가볍게 인사를 나누고 초인종을 누르자 주인아저씨가 문을 열어주셨다.

양해를 구하고 들어간 집은 큼직한 거실에 방 세 개, 화장실이 두 개인 30평 집으로, 넓고 따뜻하고 아늑했

나중에 알고 보니 이번에 찾은 아파트는
태릉우성아파트와 맞닿아 있어서, 우리가 이미
지나쳐 간 적이 있는 곳이었다.

다. 잘 정돈된 물건들이 더욱 그런 느낌을 주었다. 주인 아저씨가 군인이셨는지 육군사관학교 앞에서 찍은 사진들, 군복을 입은 사진들이 진열장에 많이 놓여있었다. 매수하는 쪽에서는 좋아도 좋은 티를 내면 안된다고, 벌써 여러 번 들은 조언이지만, 우리 입은 이미 귀에 걸려 있었다. 느낌이 좋았다. 우리가 이 집에 살게 되면 정말 좋겠다는 생각이 들었다. 솔직함이 미덕이다 싶어 아저씨께 집이 정말 좋다고 말씀드리니, 아저씨도 흡족해하시는 것 같았다. 1층에 살면서 불편한 점은 없으셨는지, 아이와 지내기 괜찮은 곳일지 여쭤보니 이런저런 얘기를 해주셨다.

　－ 사실 이 집은 팔고 싶지 않았는데 개인 사정으로 어쩔 수 없이 내놓게 되었어요. 아들 여자친구가 유아교육을 전공해서 나중에 어린이집 하라고 물려주려고 했습니다. 지금은 밤이라 보이지 않는데 베란다에서 보이는 나무들이 참 멋지거든요. 전에도 집을 보러 다녀간 사람들이 다들 마음에 들어 했지요. 아직 사겠다는 연락은 안 왔는데, 제일 먼저 연락하는 사람하고 계

약을 하려고 해요.

　남자아이인 칠복이가 마음대로 뛰어놀 수 있는 1층. 더군다나 베란다 앞은 꽤 넓은 공터이고 사람이 드나드는 길이 아니어서 흔히 1층 아파트의 단점으로 얘기하는 사생활 침해 문제도 덜할 듯했다. 상의해 보고 연락드리겠다고 했지만 집을 나서면서 이미 이 집이다, 이 집을 사려고 그동안 수많은 매물을 거쳤구나, 하며 속으로 쾌재를 부르고 있었다. 남편도 같은 마음이었던 듯 활짝 웃고 있었다.

　우리 속을 간파하신 부동산 사장님은 매도인 쪽 부동산에 가격을 조율해 보려고 하는데 얼마까지 생각하고 있냐고 물으셨다. 우리로서는 최대한 많이 깎을수록 좋았다. 사장님은 알겠다고 하시더니 그 자리에서 바로 상대편 부동산에 전화를 거셨다. 추진력이 대단한 분이었다.

　- 네 사장님, 저 ◇◇부동산인데요. 손님이 지금 집을 보고 왔는데 계약을 하자고 그러네. 얼마까지 깎아

주실 수 있나 해서. 우린 많이 깎으면 좋지. 최대한 빨리 계약하는 걸로? 응, 그래, 6억 6천? 그래요. 내가 얘기해 보고 다시 전화를 드릴게요.

전화 한 통으로 6억 8천에서 6억 6천이 됐다고? 잘못 들은 게 아니었다. 사장님은 단숨에 무려 2천만 원을 깎으셨다. 집값이 이렇게 쉽게 깎일 수도 있다니. 어안이 벙벙했다.

– 잘됐다 그죠? 대신 오늘 계약금을 걸어놓고 가야 할 것 같아. 이렇게 좋은 매물은 금방 나가니까.
– 저희 당장 10% 계약금 낼 돈까지는 없는데… 집을 사려면 전세금을 빼고 대출도 받아야 해서요.
– 그러면, 오백이라도 없어요? 그거라도 걸어야지. 요새 일이백 가지고는 가계약 받지를 않아서 확실하게 하려면 오백은 걸어 놔야 해.

오백. 일단 내 계좌엔 없다. 남편 계좌에 있기를 바랄 뿐이다.

- 사장님, 조금만 기다려주시면 저희 마지막으로 얘기하고 다시 연락드릴게요.

엄청난 쇼부의 성사로 한껏 들뜨신 사장님을 먼저 보내고, 남편과 나는 서로를 부여잡고 기쁨에 차 발을 동동 굴렀다.

- 여보! 이 집 너무 좋아. 가계약하자 우리. 오백만 원 오늘 보낼 수 있어?

- 나도 너무 맘에 들어. 그런데 돈이 당장은 없는데. 모바일 대출을 해야 하나?

- 그럼 얼마 정도 있어? 사실 내가 얼마 전에 육아휴직 수당을 한꺼번에 정산 받은 게 있어서 이백만 원은 낼 수 있거든.

- 정말이야? 여보 그럼 우리 오백만 원 낼 수 있어! 나 계좌에 삼백만 원 있어!

- 여보! (감격)(눈물)

내 비자금을 오픈해 살짝 민망했으나 오백만 원이

만들어졌다! 이보다 더 기쁠 수 있을까. 사장님께 바로 전화를 걸었다. 길 건너 부동산에서 계약서를 쓰자고 하셨다.

☆☆부동산은 사장님 부부가 운영하시는 곳이었다. 우리가 부동산으로 이동하는 사이 여자 사장님은 매도 부동산에 전화를 걸어 오늘 가계약금을 보낼 테니 집값을 조금 더 깎아달라는 실랑이를 하고 계셨고, 남자 사장님은 등기부등본을 떼고 계셨다. 손발이 척척 맞으시는 것이 두 분 모두 빠릿빠릿해 보이셨다.

－ 잔금 언제까지 맞출 수 있냐구? 우리가 최대한 빨리해주지. 근데, 그러면 이사비라도 빼 줘야 하는 거 아니야? 2백은 빼줘야지. 그래요. 우리 그럼 6억 5천 8백으로 알고 있을게요?

전화 한 통에 다시 2백만 원이 깎였다. 일이 일사천리로 진행되는 것이 마치 꿈만 같았다.

－ 집주인 쪽에서 계약을 빨리했으면 하는데, 잔금

마련이 언제까지 되겠어요?

- 저희 전세가 빠지는 대로 알려드릴게요. 지금 사는 지역이 학군지여서 항상 전세수요가 있거든요.
- 그럼 날짜를 2월 초로 해놓고, 나중에 조정하기로 해요.

부동산 사장님께 말씀드린 대로 광장동은 전세수요가 항상 있었고, 2월 정도면 개학 일정에 맞춰 이사가 많은 시기였기에 전세 빼는 건 크게 걱정하지 않았다 (차차 풀어내겠지만 이건 우리의 큰 오판이었다).

여자 사장님은 상대편 부동산과 전화를 마친 후 가계약금 보낼 계좌를 문자로 받아 우리에게 알려주셨다. 가계약금, 중도금, 잔금 보내는 날짜도 어림잡아 지정해 보내주시고 확인했다는 답변 문자를 보내라고 하셨다. 나중에라도 문제가 될 경우를 대비해 기록을 남길 필요가 있다고 하셨다.

남자 사장님은 등기부등본을 우리에게 가져다주시고 등기부등본은 그 집의 역사라고, 언제 어떻게 권리

관계가 변경되는지 다 알 수 있다며 한 장씩 넘겨 보여 주셨다. 그런데 한눈에 보기에도 서류가 굉장히 여러 장이었다. 지금 사는 광나루 집 등본은 달랑 두 장이었는데 말이다.

등본에는 모 캐피탈을 비롯한 여러 금융회사가 채권자로 되어있었고, 가압류, 강제경매, 임의경매, 이렇게 듣기만 해도 불안해지는 단어들이 적혀 있었다. 모르긴 몰라도 이 집에 뭔가 문제가 있다는 것을 직감적으로 알 수 있었다. 마지막 권리관계도 이상했다. 우리가 가계약금을 보내는 주인아저씨가 아니라 모 신탁주식회사로 소유권이 이전되어 있었다. 등본을 넘겨 가던 남자 사장님도 고개를 갸웃하셨다.

- 소유권이 신탁에 가 있네. 이게 어떻게 된 거냐면… 집주인이 신탁에 부동산을 맡긴 거네. 우리가 이런 매물을 다 거래해봤으니 걱정은 말아요. 신탁이라고 해서 특별히 문제가 있는 건 아니고, 계약할 때 서류만 잘 준비하면 돼.
- 저… 저희가 거래를 할 수 있는 부동산은 맞는 건

가요? 서류가 좀 복잡한 것 같은데요.

　－ 그럼요. 부동산 주인이 신탁회사라는 거 외에는 다를 게 없어요. 자자, 가계약금 보내는 건 기록이 다 남고 영수증도 계약하는 날 작성하면 됩니다.

　살짝 불안했다. 주인이 여러 채무 관계에 얽혀 있는 집. 가계약금을 보내도 되나 조금 망설였지만 지난번 광운대 아파트처럼 다른 누군가가 이 집을 먼저 차지하는 것이 더 두려웠다. 부동산 사장님도 괜찮다고 하시고, 상대편 부동산도 협조적이니 그저 괜찮을 거라고 믿고 싶었다. 신탁이며 근저당이며 의미를 알 수 없는 용어들이 마음에 걸렸지만, 상대편 부동산이나 집주인과 잘 협의해서 계약을 진행하면 되지 않을까 생각했다. 게다가 우리가 가계약금을 보내는 집주인 아저씨 성함이 등본상에 등장해 있고, 지금 그분이 그 집에 살고 있는 것이니 위험 요소는 많을 것 같지 않았다 (역시 나중에 풀어내겠지만, 이것도 우리의 크나큰 오판이었다. 하룻강아지 범 무서운 줄 모른다는 속담이 괜히 있는 게 아니었다. 우리는 몰랐기에 용감했다).

가계약금 송금 완료. 계약 날짜까지는 시간 여유가 있었다. 모르는 부분은 집에 가서 다시 확인하고 부모님께도 여쭤보면서 진행하기로 했다.

갑자기 마음이 바빠졌다. 지금 집도 부동산에 연락해 내놓아야 하고, 이사업체도 알아봐야 하고, 인테리어도 어떻게 할지 계획을 세워야 했다. 집도 마음에 들고, 부동산 사장님 덕분에 집값도 떡 하니 깎고. 이제 정말로 우리 집이 생긴 건가. 우리가 가계약금을 쏘다니! 실감이 잘 나지 않았다. 그동안 숱하게 집을 보러 다녔지만 가계약금을 보낸 건 이번이 처음이었다. 계약만 계획대로 진행되면 그 집은 우리 집이 되는 것이었기에 앞으로 모든 것이 잘 해결되기만 바랄 뿐이었다.

등기상 집 소유권이
신탁회사에 있다

집에 돌아와 궁금했던 내용을 찾으며 많은 정보를 알게 되었다. 먼저 공릉동 집의 소유권을 어떻게 신탁회사가 가지게 되었는지 파악한 내용은 이랬다.

주인아저씨는 2014년에 그 집을 사서 들어오셨고, 이후 아저씨가 여기저기서 빌린 돈을 갚지 못해 2018년 10월부터 가압류가 되기 시작했다. 가압류는 돈을 빌린 사람인 채무자의 재산을 묶어두는 것으로, 채무자가 재산을 처분하지 못하게만 하는 것이라서 채권회수, 즉 돈을 돌려받기 위해서는 법원에서 판결을 받아 강제집행을 해야 한다. 2019년 4월 법원 판결에 의해 가압류가 본압류로 이행되면서 그 집에 대한 강제경매가 개시되었고, 2020년 1월 1차 경매가 진행되었으나 유찰이 되었다. 유찰은 응찰자가 없어 낙찰되지 못하고 무효가 된 것으로, 이렇게 되면 2차 경매로 넘어가게 되고 경매 최저가도 20~30% 저감이 된다고 했다.

2020년 2월 진행된 2차 경매에서는 매각이 되었으나 최고가매각불허가결정이 났다. 경매에서 낙찰자가 결정되면 법원은 이해관계인의 의견을 들은 후 매각허가 여부 결정을 하는데, 매각불허가 결정이 났으니 경매가 취소되었거나 이해관계인의 이의가 있었다는 것이었다. 이해관계인이 아니면 법원경매정보 홈페이지에 기재된 내용 외에는 추가 정보를 확인할 수 없어서 무슨 사유로 이런 결정이 났는지는 모른다.

다만 추측하기로는, 2차 경매 이후인 2020년 9월 부동산 담보신탁이 진행되고 경매 신청도 취하된 것으로 보아, 경매 낙찰금액이 전체 채권 회수 금액을 상쇄

하지 못했기에 경매를 신청했던 채권자나 다른 채권자가 채권 회수가 가능한 다른 방법, 즉 담보신탁을 하도록 주인아저씨와 합의해 경매를 취하하지 않았을까 싶었다.

부동산 담보신탁은 신탁회사에 부동산을 담보로 제공하고 대출을 받는 것으로, 등기상 소유권이 신탁회사에 이전되며 정확한 대출액 정보는 신탁원부라는 서류를 발급받아야 확인할 수 있다고 했다. 위탁자가 대출금을 갚으면 신탁계약이 해지되고 소유권이 되돌아가지만, 갚지 못하는 경우 신탁회사가 부동산을 처분해 그 대금으로 금융기관 대출금을 갚게 되는 것이다. 부동산 가격이 계속 오르는 상황이었으니 집이 경매로 헐값에 넘어가는 것보다는 신탁 부동산을 매매하는 것이 채권자나 채무자 모두에게 이득인 상황이었다.

[공릉동 집의 등기부등본 타임라인]

2014년
구매(구매가 2억 9천5백만 원)

2018년 10월
가압류 시작

2019년 4월
본압류 이행 결정(가압류권자 모 캐피탈의 집행권원에 의한 강제경매와 모 저축은행의 담보권 실행을 위한 임의경매 사건의 경합 사건)

2020년 1월
1차 경매 유찰(최저가 4억 9천)

2020년 2월 17일
2차 경매(1차 경매 최저가에서 20% 저감된 금액인 최저가 3억 2천2백부터 시작하여 매각)

2020년 2월 24일
최고가매각불허가결정

2020년 9월
신탁 주식회사로 소유권 이전 등기 및 경매 취하

아버님 어머님께 이런 내용을 말씀드리니 서류가 복잡한 집은 거래하는 게 아니라고 하시면서 걱정하셨다. 인터넷에 비슷한 사례를 찾아보더라도 정상적인 물건을 계약하라고, 몇천만 원 아끼자고 어려운 길로 들어서는 것일 수 있다고 만류하는 분위기였다. 가압류가 되어 경매에 넘어갔다가 지금은 신탁회사에 맡겨진 집. 우리도 걱정이 되지 않은 것은 아니었지만 잔금을 치르면 아저씨 빚이 다 청산되고 근저당이 말소되면서 소유권이 우리에게로 넘어온다고 했으니 지금 파악된 상황만으로는 충분히 거래가 가능해 보였다. 집주인 아저씨가 더 이상의 불미스러운 일만 만들지 않으신다면, 우리가 알지 못하는 채무 관계가 갑자기 나타나지 않는다면, 계약과 중도금과 잔금만 예정대로 치르면 괜찮지 않을까 싶었다.

가계약 후 일주일 뒤, 아버님과 어머님, 남편이 부동산에서 주인아저씨와 매도인 측 중개인을 만나 계약을 하기로 했다. 계약 전 아버님이 신탁회사에서 상황을 확실하게 듣는 게 좋겠다고 하셔서 신탁회사 담당자에게 주인아저씨의 채무 관계를 다시 확인했고, 다행히 신탁원부로 확인되는 내용과 일치해 그나마 안심을 하고 있었다.

그런데 막상 계약 당일이 되자 우리가 파악하지 못한 다른 문제가 튀어나오지는 않을지, 계약이 엎어지는 건 아닐지 초조해졌다. 오전에 만나기로 했다는데 점심이 지나도록 남편에게 연락이 없어 더욱 그랬다. 이런저런 생각으로 머리가 분주하던 중 세시가 다 되어서야 남편이 연락했다. 다행히 계약을 잘 끝내고 늦은 점심을 먹으러 가는 길이라고 했다. 계약 관련해 여러 이야기를 나누고 계약서를 상세히 쓰느라 시간이 늦어졌다고 했다.

퇴근 후 집에 와 남편에게 들은 내용은 이랬다. 주인아저씨는 그동안 사업 자금 마련을 위해 돈을 빌려오셨고, 현재 대출이자만 한 달에 천만 원 가까이 나가는 상황이라 잔금 날짜를 최대한 앞당기고 싶어 하셨다고 했다. 매수자인 우리로서는 거래가 신속히 되는 것보다 안전하게 되는 것이 더 중요했기에, 잔금을 최대한 빨리 드리는 대신 중도금을 없앴다고 했다. 신탁 부동산을 거래할 때 가장 위험한 상황이, 위탁자가 매매 대금을 받아 금융기관 부채를 상환하는 데 쓰지 않고 본인의 사업이나 도박 자금 등으로 융통하는 경우라고 했기 때문이다. 혹여라도 아저씨가 중도금을 받아 사업 자금으로 쓰시면 안 되니, 계약금 이후 잔금을 한 번에 치르면서 소유권도 같이 가져오기로 한 것이다.

공릉동 집을 매매하고 어디로 가시는지 여쭤보니 고향인 춘천에 집을 알아보고 계신다고, 계약금 일부로 월세로 지내다가 집이 마음에 들면 잔금을 받아 정착하실 계획이라고 얘기해 주셨다고 했다.

여기까지는 이야기가 잘 되었는데, 우리 측 부동산에서 제안한 추가 조항에 아저씨가 언짢아하셨다고 했다. 애초에 이 조항이 어떻게 나오게 되었는지는 모르겠지만, 우리는 전세금을 돌려받아야 잔금을 치를 수 있었기에 2월 초로 잔금 지급일을 잡되 전세가 일찍 빠져 1월 중으로 잔금을 치르게 되면 세이브하는 이자의 60%를 우리에게 주자는 내용이었다.

매수자인 우리가 잔금을 일찍 치를수록 매도자인 아저씨에게 이득이므로 양쪽 모두에 불리한 내용은 아니었지만, 안 그래도 이자 비용에 민감해져 있는 아저씨가 집값도 많이 깎아줬는데 이자 아끼는 비용까지 자기가 더 줘야 하냐며 기분 나빠하셨던 모양이었다. 얘기를 전해 들으며 나도 굳이 그런 조항까지 넣어야 했나 싶었지만, 양측 부동산의 중재로 결국 그 조항도 최종 계약서에 명시되었다고 했다. 계약의 세계는 참 냉정한 것이구나 싶은 생각이 들었다.

집주인을 만나고 오신 부모님은 매도인이 나쁜 사람이 아니고 딱한 사람인 것 같아 한시름 놓인다고 하셨다. 우리가 아저씨를 만났을 때도 그랬다. 잠깐 얘기를 나눈 것뿐이었지만 돈을 떼먹거나 사기를 칠 사람은 아닐 것 같았다(물론 사람은 인상만으로 판단하면 안 되는 것이어서 나중에 아저씨에게 크게 뒤통수를 맞은 후 모르는 사람은 믿지 말자고 생각을 바꿨다). 계약까지 순조롭게 진행되었으니 이제 앞으로의 계획을 잘 세워 보기로, 남편과 결의를 다졌다.

○

전세가 폭등으로
꼬이는 계획

광장동 집을 내놓겠다는 연락을 한 후 집주인이 과연 전세금을 얼마나 올릴지 궁금했다. 집값이 오르면서 전세가도 같이 상승하고 있던 시기였다. 우리가 처음 계약할 때는 3억 2천, 그 후 연장계약을 해 당시 우리 전세금은 3억 4천이었다.

그런데 네이버 부동산에서 확인해 보니 우리 매물이 무려 5억에 올라와 있었다. 2017년 초 매매가가 5억 언저리였으니 그 돈이면 당시에 집을 살 수도 있었는데, 이제 전세를 알아봐야 하는 상황이었다. 세상 돌아가는 것이 심란했지만, 그 돈을 주고 전세 연장을 할 바

에 공릉동 집을 사길 잘했다는 생각이 들어 한편으로
안도감이 들기도 했다.

매물을 등록하자마자 주말에 집을 보러 오겠다는 약
속이 잡혔다. 우리가 생각했을 땐 너무 높다 싶은 가격
이었어도 주변 아파트 매물에 비하면 가격대가 낮아서
그런지 금방 연락이 온 듯했다. 이때가 벌써 11월 말이
었고 1월 중에 집을 빼야 우리에게 이득이 있었으므로
우리가 원하는 1월 중순이라는 날짜가 다소 빠듯한 시
점이었지만, 부동산 사장님이 데려온 두 팀은 앞다투
어 계약하고 싶어 했다.

한 팀은 2월 중순은 어렵겠냐고 사정하시기에 죄송
하지만 우리도 일정상 어려울 것 같다고 말씀드렸고,
다른 한 팀은 날짜를 맞춰보겠다고 집을 꼼꼼히 살펴
보던 중이었다. 부동산 사장님이 전화를 받으시더니
갑자기 언성을 높이기 시작하셨다. 무슨 일인가 싶어
상황을 들어보니, 집주인이 전세금을 지금 등록한 것
보다 더 올려야겠다고 했다는 것이다. 5억에 올라온 매
물을 보고 다른 부동산에서 집주인에게 연락해, 요새
시세가 얼만데 그렇게 싸게 내놓았느냐고, 전세 계약

142

만기가 4월이라 아직 시간도 많이 남았으니 시세대로 최대한 올려 받으라고 했다는 것이었다.

집주인과 오래도록 거래해 신뢰를 쌓아온 부동산 사장님도, 날짜를 맞춰보겠다고 집을 둘러보던 사람도, 1월에 집을 빼야 해 하루하루가 초조한 우리도 황당하기는 매한가지였다. 그 부동산 말대로 계약금은 전세 계약이 만료되는 4월 말에 빼주면 되는 것이니 아쉬운 건 우리였다. 전세가는 천정부지로 오르고 있고, 이사철을 앞두고 전세가 필요한 사람들은 많으니 집주인이 손해일 것은 없었다.

그래도 그렇지, 4년 동안 잡음이나 불평 한번 없이 이 집에서 잘 지내왔고 새롭게 집을 장만해 시작해 보겠다는 젊은 사람들 가는 길에 재를 뿌리는 것이 너무한다는 생각이 들었다. 다른 부동산은 왜 갑자기 끼어들어서 이래라저래라 하고, 집주인은 첫 매매 때부터 지금까지 거래해 온 부동산과의 의리도 저버리고 홀랑 다른 부동산 편에 선단 말인가.

부동산 사장님은 다른 부동산에서 집을 보여달라고 하면 절대로 보여주지 말라며 화를 내고 가셨다. 머리가 아파왔다. 약속한 2월 초까지 잔금을 내야 했기에 불안감이 엄습했다. 아직 시간이 있으니 기다려보자고 서로를 다독였지만, 6억이라는 돈을 주고 이 집에 전세살이를 올 사람이 있을지 의문이었다.

매물이 6억에 새로 등록된 이후로는 부동산 연락이 뜸했다. 집주인은 무려 8개의 부동산에 매물을 내놓았고, 간혹 집을 보여달라는 연락이 오기는 했지만 말 그대로 집을 보고만 갈 뿐 계약으로 이어지지는 않았다.

지푸라기라도 잡아보자는 심정으로 부동산 관련 온라인 카페에 세입자를 찾는다는 게시글을 올렸지만, 집이 좋아 보인다, 관심 있다는 댓글이 달릴 뿐이었다. 쉬울 것으로 생각했던 전세 빼기에 이렇게 차질이 생길 것이라고는 상상도 하지 못했었다.

마음이 복잡했지만, 전세가 나가기를 기다리는 것과 동시에 다른 계획들도 진행해야 했다. 잔금을 마련하려면 주택담보대출을 새로 받아야 했기에, 금리가 낮은 대출상품을 찾던 중 회사 동료 소개로 뱅크몰이

광나루 집 베란다에서 보이던 학교,
학군지라고 해서 전세 빼는 것이
항상 수월한 것이 아니었다.
전세가 폭등은 우리에게
천재지변이나 마찬
가지였다.

라는 사이트를 알게 되었다. 뱅크몰 상담사에게 상담을 신청하면 시중은행이나 보험사 등 여러 금융기관의 대출상품 금리를 비교해 알려준다고 했다. 은행에 하나하나 연락해 알아보지 않고도 금리와 우대사항 같은 복잡한 정보를 정리, 비교해 주는 자료가 많은 도움이 되었다.

뱅크몰 상담사는 앞으로 계속해서 금리가 오를 가능성이 있고, 은행 대출상품은 잔금 거래 당일 이율로 적용이 되지만 생명보험사 상품은 대출 예약을 하는 시점의 금리로 적용이 되므로 우선은 생명 보험상품을 예약해두는 것이 좋겠다고 조언해 주었다. 우리는 혹시 모를 상황에 대비해 서류를 갖춘 후 대출 예약을 해두었다. 예약에 필요했던 서류는 신분증, 통장, 인감도장과 인감, 등본, 초본, 매수주택의 전입세대열람내역, 매매계약서 사본, 재직증명서, 근로소득원천징수영수증 두 해 분이었다.

인테리어 업체를 선정하기 위한 미팅도 진행했다. 대기업 업체 한 곳, 동네 업체 한 곳, 이렇게 두 곳과 상담을 해보았는데, 우리 일정이 가변적이라고 하니 동네 업체에서는 다소 난색을 보였다. 2월 초에 공사를 시작하려면 12월 초인 지금부터 날짜를 확정해두어야 한다고, 코로나로 집에 머무는 시간이 많아지면서 주거공간을 꾸미는 사람들이 늘어나고, 집값이 오르면서 집을 사거나 이사하는 대신 대대적인 공사를 하는 사람들도 늘어나 그 수요를 인테리어 업체에서 따라가기 벅차다고 했다.

상담을 받아보니 인테리어 자재가 워낙 다양해 업체 견적을 일률적으로 비교하기는 어렵고, 담당자가 책임을 갖고 현장을 관리 감독하는지, 문제가 생겼을 때 잘 처리해 주는지를 따져보는 것이 더 중요한 것 같았다. 대기업 인테리어 업체에서 진행하면 비싸지 않을까 걱정했지만 가성비 좋은 마감재로 선택하니 동네 업체에서 받은 견적과 크게 차이 나지 않아 최종 계약을 하기로 했다.

○

책임에 협조하지 않는
매도자

인테리어 공사 시작일을 2월 초로 정하고 나서 부동산 사장님을 통해 주인아저씨께 방문 실측 가능한 날짜를 여쭈었다. 괜찮다고 하신 날짜에 맞춰 집을 방문하면서 여러 번 집을 보여주시는 아저씨께 죄송하고 감사한 마음에 롤케이크도 준비했다.

인테리어 업체에서 두 명, 새시 업체에서 한 명, 그리고 우리가 계약한 집을 궁금해하시던 친정 부모님과 나까지 모두 여섯 명이 집 앞에 모였다. 유독 춥게 느껴지던 날이었기에 서둘러 띵동, 벨을 눌렀다. 그런데 기척이 없었다. 띵동 띵동. 문을 두드려도 아무런 소리가 나지 않았다. 이 많은 사람이 모여 있는데 문은 잠겨있고 아무도 없다니. 당황스러웠다. 급히 부동산에 전화해서 주인아저씨께 연락 좀 드려봐 달라고 했다. 잠시 뒤 부동산 사장님이 아저씨와 연락이 되어 집으로 달려오셨고, 번호키를 눌러 문을 열어주셨다. 집을 비우실 거였으면 미리 알려주시지. 실측을 잘 끝내고서도 뭔가 찜찜한 마음이 남았다.

당황스러웠던 일은 이뿐만이 아니었다. 한 날은 무슨 연유에선지 천오백만 원이라는 돈을 추가로 해달라고 연락이 왔다. 이미 계약금을 모두 드렸고 잔금은 한번에 치르기로 되어있었다.

전세 빼는 일이며 이사 준비며 안 그래도 신경 쓸 것이 많았는데. 골치가 아팠다. 이래서 돈 문제가 있는 부동산은 계약하는 게 아니라고 했구나, 이러다가 무슨 일이 나는 건 아닌가 싶어 걱정스러웠다. 우리로서는 최종 계약이 어그러지지 않도록 하는 게 우선이었기에 이사 날짜와 인테리어 공사 일정도 확정할 겸 부동산에서 아저씨를 만나 돈을 드리기로 했다.

12월 말 부동산에서 만난 아저씨께 여쭤보니 이사 갈 집은 아직 결정되지 않았다고 하셨다. 1월 25일에 이사를 나가겠다고 하셔서 우리는 그다음 날인 26일부터 인테리어 공사를 진행하기로 했다. 계약 직전까지 이런저런 일로 불안한 날들이 계속되고 있었다.

집을
빼줄 수 없다는 매도자

1월 15일. 이사를 열흘 앞둔 날이었다. 아저씨가 부동산을 통해 또 돈을 해달라는 연락을 해왔다. 불안했다. 부동산 사장님께 이사 갈 집은 구해 놓으신 게 맞는지, 혹시 그 외에 추가로 돈이 더 필요한 것은 아닌지 확인해 달라고 했다. 매도자가 자꾸 말을 바꾸니 확신이 필요했다. 부동산 사장님도 이런 아저씨의 태도를 예측하지 못한 듯 매우 당황해하는 눈치였다. 확인해 보니 아저씨가 이사 갈 집 계약을 내일 해야 하는데, 매수자인 우리가 돈을 보내주면 해결할 수 있다고 했다.

부동산 사장님도 우리도 착잡했다. 도대체 어디까지 우리가 아저씨의 입장을 배려해 줘야 하는지 화가 났다. 매매계약서대로 이행하면 그뿐인데, 매도자는 계속해서 말을 바꾸고 매수자인 우리는 그러한 매도자의 사정을 살피고 있으니 뭔가 한참 잘못되었다는 생각이 들었다. 하지만 서로 자극해 봐야 좋을 것이 없으니 그저 아저씨를 믿는 수밖에 없었다.

1월 21일. 결국 사달이 나고 말았다. 저녁밥을 먹고 치우던 중이었다. 아저씨한테서 온 문자를 본 남편이 괴성을 질렀다.

- 여보 무슨 일이야?
- 공릉동 집주인인데. 25일에 이사 못 나가겠대.
- 뭐라고?
- 이사 가기 어렵게 됐으니 며칠 말미를 달래.
- 그 아저씨 진짜 미친 거 아니야???

이게 무슨 날벼락인가. 당장 부동산에 전화를 걸었

다. 부동산 사장님은 기다렸다는 듯 우리 전화를 받았다. 안 그래도 매도자가 전화해 다짜고짜 25일에 이사를 못 나간다고 하더라, 이사 날짜 코앞에 두고서 이게 무슨 얘기냐, 나는 도저히 매수자한테 얘기할 수 없으니 직접 얘기하시라고 했다는 거였다. 아저씨는 계약서에 적힌 남편 번호로 문자를 보냈고, 어느 쪽에서 연락이 왔건 상황이 심각한 것은 매한가지였다.

다급한 것은 우리였다. 부동산 사장님께는 내일 아침 밝는 대로 아저씨를 직접 만나 해결해 달라고 했고, 우리도 아저씨한테 이미 잡아놓은 인테리어 공사와 이사 일정 때문에 날짜를 미루기 어렵다고 문자를 보냈다. 그러자 아저씨가 다시 문자를 보내왔다.

'25일에는 절대 안 됩니다.'

진짜 이 아저씨 제정신인가? 계약을 파기하자는 건가? 울화가 치밀고 몸이 뒤틀렸다. 더 이상 대꾸하지 말자. 일단 부동산에서 내일 찾아가 보겠다고 했으니 도대체 무슨 이유로 이러는지 들어나 보자. 우리는 오지 않는 잠을 억지로 청하고는 다음 날이 되기만을 기다렸다.

다음 날 아침, 부동산에서 연락이 왔다. 매도자는 이유는 말할 수 없지만 25일 이사는 죽어도 안 된다, 대신 27일에는 무슨 일이 있어도 나가겠다는 입장을 고수한다고 했다. 이해할 수 없었다. 25일에는 안 되고 27일에는 되는 사정이라니? 인테리어는 26일부터 시작하기로 되어있었다. 일정대로 공사를 시작할 수 없는 건 분명해 보였기에 업체에 서둘러 전화를 걸었다.

인테리어 일정을 미룰 수 있겠느냐는 말에 업체 측은 난색이었다. 이미 일정을 촘촘하게 짜둔 것이고 공정별로 모두 개별 업체들과 약속이 된 것이어서, 하루라도 밀리면 일정 전체가 틀어진다고, 조정해 보겠지만 조정이 되지 않으면 인테리어 계약이 파기될 수도 있다고 했다. 안 그래도 연말은 이사와 인테리어의 피크 철이었다. 웬만한 인테리어 업체는 일정이 다 차 있어 업체 변경도 어려운 상황이었다.

정말 미칠 것 같았다. 25일은 안 되고 27일은 되는 이유가 뭔지 설명을 하면 이해라도 해보겠는데 무조건

안 된다고만 하니 부아가 치밀었다. 부동산 사장님 말
로는 이사와 인테리어 계약이 파기되면 위약금을 물어
주어야 할 수도 있다고 했더니, 자기가 알아서 처리하
겠다며 큰소리 뻥뻥 쳤다고 했다. 세상에 이런 뻔뻔한
사람도 있구나. 살면서 이런 사람을 겪게 될 줄이야. 머
리가 하얘졌다.

대책을 논의해야 했다. 25일은 안 된다는데 27일에
는 나가겠냐, 이러다가 27일에도 못 나간다고 버티면
어떻게 하냐, 상대는 이미 몇억 빚을 지고 더는 잃을 게
없는 사람이다. 부동산 사장님에게 늘어놓은 걱정이
산더미였다.

계약이 어그러지면 손해 보는 건 우리였다. 계약을
파기하면 계약금의 두 배를 위약금으로 물어줘야 하는
데, 두 배는커녕 우리가 여태껏 건넨 계약금과 중도금
2천5백만 원이라도 돌려받을 수 있겠나 싶었다. 게다
가 우리 전셋집이 나가 집도 빼줘야 하는데, 이 겨울에
친정과 시댁으로 더부살이를 가야 한다 생각하니 모든
것이 엉망이 된 기분이었다.

부동산 사장님과 여러 번 머리를 맞댄 끝에, 이왕 이렇게 된 거 잔금 날짜를 앞당겨서 27일에 등기를 치고 그날 이사 나가는 것을 확실히 확인하자는 얘기가 나왔다. 소유권을 옮겨오면 이사 못 가겠다고 버티더라도 법적으로 강제할 수 있는 권한이 생길 터였다.

문제는 돈이었다. 어떻게든 며칠 안으로 잔금 전부를 마련해야 했다. 전세금은 며칠 안으로 받기는 어려웠다. 집주인은 우리 전세금을 빼줄 자금이 없었고 다음 세입자는 2월 말에 이사 오기로 되어있었다. 적격대출 심사 중인 은행에 연락해 사정을 얘기했지만, 지금으로서는 2월 초 잔금 날짜에 맞춰 심사가 진행 중이라 당장 일정을 앞당기는 건 어려울 것 같고, 게다가 기존 서류로 심사가 들어갔으니 날짜를 바꾸려면 서류를 다시 써야 할 것 같다고 했다.

뱅크몰 담당자도 우리 얘기를 듣더니 난색을 보였다. 잔금 일정이 너무 촉박하고 전세 만기도 거의 다 되었기 때문에 제1금융권에서는 대출 가능한 곳이 없고, 주담대를 최대한으로 받으면서 가족들 통해 조달 가능하다면 그게 최선이며, 가장 마지막 방법으로 후순위

대출이 있겠지만 캐피탈 같은 제2금융권을 통해야 하므로 금리가 높고 최대로 받더라도 9천만 원밖에 되지 않는다고 했다.

주담대를 최대한 받는다고 했을 때 1억 정도가 부족한 상황이었으니 최후의 방법인 제2금융권 조달을 받는다고 하면 돈은 어떻게든 마련할 수 있을 것 같았다.

계산기를 두드린 후 집주인에게 27일에 무조건 잔금을 마련할 테니 이사 준비를 해 달라고 했다. 집주인은 천하태평이었다. 이사 갈 집도, 알아본 이사업체도 없었다. 기가 막혔다. 우리만큼이나 초조했던 부동산에서 이삿짐센터를 소개해 27일 오전으로 겨우 예약했다고 했다. 이사 갈 집이 없어 보관이사로 예약했다는 얘기까지 들으니 매도자를 걱정해 주고 싶은 마음이 싹 사라졌다.

눈에는 눈, 이에는 이. 받은 만큼 돌려주리라 오기가 생겼다. 뱅크몰에서 최종적으로 추천받아 진행 중이던 적격대출이 아닌 일반 주택담보대출로 급하게 전환하느라 낮은 금리를 포기하게 되는 것, 이사와 인테리어 일정이 미뤄져 생기는 손실, 잔금을 마련하느라 발생하는 그 외의 모든 비용에 대해 하나도 빠짐없이 청구하겠다고 마음먹었다.

그날 저녁, 적격대출 담당자에게 연락이 왔다. 심사가 빨리 처리되도록 손을 써서 기존 계약 조건으로 진행할 수 있을 것 같다는 연락이었다. 정말 다행이었다.

이후 며칠간 조각났던 퍼즐이 맞춰지듯 사태가 하나씩 마무리되기 시작했다. 양가 부모님과 어머님 친구분 자금까지 온갖 곳에서 돈을 끌어모아 잔금을 마련했고, 인테리어도 일정을 일주일 정도 미루면서 조율이 어려운 공정은 다른 공정과 겹치게 조정해 날짜를 맞췄다. 선주문이나 추가 실측이 필요한 부분은 특정 브랜드나 디테일을 포기하기로 했지만, 이 정도로 정리할 수 있는 것에 만족했다.

마음고생은 이만하면 충분하지 않을까 싶었으나 잔금을 치르기 직전까지도 일은 순조롭지 않았다. 매매계약 초반에 부동산에서 A은행을 소개해 일반 주택담

—

이사철에는 이사 업체 구하기가 하늘의 별따기다.
이사비도 갑절로 부르기 일쑤다.

보대출 심사를 넣었었고, 이후 뱅크몰에서 소개받은 B
은행의 적격대출 심사도 동시에 진행했는데, 잔금 지
급일을 급하게 당기면서 적격대출 신청이 어려워질 수
도 있다고 생각해 두 은행의 대출 신청 모두를 가지고
있었다. 부동산에서는 본인들이 소개한 A은행에서 대
출받는 것으로 알고 있었고, 우리는 뒤늦게 적격대출
이 가능하다는 B은행의 연락을 받고 안심만 했을 뿐,
여러 문제로 정신이 없다 보니 이를 부동산에 알려야
한다는 생각은 미처 하지 못했다.

  잔금일 전날인 26일 오후, B은행에서 서류가 복잡
한 신탁 건인만큼 대출을 받으려면 B은행 법무사가 직
접 서류를 처리해야 한다고 알려왔기에, 부동산 사장
님께 연락해 이를 알렸는데 사장님이 크게 화를 내셨
다. 본인들은 기존에 거래해오던 A은행 법무사에게 미
리 서류를 모두 전달해서 마지막 단계를 치를 수 있게
세팅을 해놨는데, 갑자기 다른 법무사가 온다고 하니
화가 난 것이었다. 우리는 미리 말씀 못 드려 죄송하지
만 사안이 이렇다 보니 B은행 법무사가 직접 확인하지

않으면 대출 자체가 어려울 수 있다는 법무사 말을 전했다. 부동산에서도 이번 매매 건으로 우리만큼이나 노심초사했던 모양이었다. 혹여라도 매도인이 마음을 바꿀까 싶어서 요 며칠 그 집에 드나들며 집주인을 구슬려왔고, 문제없이 처리될 수 있도록 서류까지 모두 준비해 놨다는 것이었다. 그렇지만 우리도 다른 도리가 없었다. 우리 선에서 법무사를 바꿔줄 수 있는 것이 아니었다. 은행에서 대출 자체가 안 나올 수도 있다는데, 대출해 주는 은행 말을 따라야지 어쩌겠는가.

부동산 사장님의 화는 쉽게 풀리지 않았다. 중간에서 도저히 중재할 수 없었기에 사장님과 B은행 법무사 두 분이 직접 통화하시도록 연락처를 전달했는데, 더 큰 싸움으로 비화가 됐다. 부동산 사장님은 우리 측 대리를 하지 않겠다고 으름장을 놓았고, 사무장이었던 B은행 법무사는 해당 부동산을 월권으로 고소하겠다고, 매수 대리를 안 한다고 하면 본인이 책임지고 마무리를 해주겠다며 흥분을 가라앉히지 못했다. 그동안 정말 많은 일이 있었는데, 마지막까지도 참 다사다난하구나. 막장으로 치닫는 상황에 화를 낼 기운도 남아있지 않았다. 밤새 길어진 사투 끝에 결국 부동산 사장님이 목소리를 낮췄다. 천 번 만 번 준비했어도, 아무리 A은행과 친분이 깊고 소개를 통해 받기로 한 커미션이 크다고 해도, 이번 건은 B은행에서 진행해야 했다. 부동산 사장님 스스로가 가장 잘 알고 있을 터였다. B은행 법무사는 직원을 보내지 않고 사무장인 본인이 직접 와서 서류를 확인하고 진행하겠다고 했다. 참으로 길고 힘든 밤이었다.

모든 것이 마무리되다

1월 27일 대망의 잔금 날. 아버님과 어머님, 그리고 남편이 부동산으로 향했다. 수많은 시련으로 다져진 드림팀이었다. 그러나 그동안 극한의 날들을 보냈기에 마지막까지 마음을 놓을 수 없었다. 소유권 이전을 위한 많은 서류를 준비하고 제출하는 것 외에도 이삿짐이 모두 잘 빠지는지, 집은 다음 날부터 인테리어 공사가 가능한 상태일지, 다른 문제가 추가로 등장하지는 않을지 확인 또 확인하기로 했다.

그날 이른 오후, 온 신경을 곤두세웠던 것이 무색하

게도 모든 것이 훈훈하게 마무리되었다는 남편의 전갈을 받았다. 사소한 돌부리들은 물론 있었다고 했다. 약속한 시각에 매도자가 나타나지 않아 잠시 마음 졸였으며, 부동산 사장님과 B은행 법무사는 계약 서류가 정리되는 내내 서로 쳐다보지도 말을 섞지도 않았다고 했다. 중개수수료 실랑이도 살짝 있었고, 연체된 아파트 관리비가 족히 백만 원이 넘어 남편이 관리사무소에 이를 납부하고 채권 변제 후 매도자에게 넘어갈 돈에서 제했다고 했다.

많은 사건을 거치고 나서야 집을 비워준 매도자. 텅 비어버린 집을 돌아본 후 아저씨는 남편을 힘껏 안아주었다고 했다. 이 집에서 잘 살라는 덕담까지 해주면서 말이다. 맘고생 시킬 때는 당장이라도 쫓아가 멱살잡이라도 하고 싶었는데, 남편은 쓸쓸하게 떠나는 아저씨의 뒷모습을 보니 공연히 맘이 짠해지더라고 했다. 그 말을 들으니 나 역시 마음이 복잡해졌다.

– 그동안 마음고생은 많이 했지만, 그 아저씨 갈 곳

도 없으신 것 같던데…. 우리가 아저씨를 내쫓은 것 같아서 기분이 좀 그러네.

　– 우리가 아저씨 빚 갚아드리고 새 출발하도록 도와드렸다고 생각하자. 아저씨도 우리가 이 집에서 잘 살기를 바라실 거야.

　남편의 사려 깊고도 단단한 말이 조금이나마 위안이 되었다. 매도자나 남편, 그리고 우리 모두 선량하고 평범한 사람이고, 집은 그저 가족들과 함께할 수 있는 보금자리인데, 그런 집이 이해관계 속에서 상처가 되지 않기를 처음으로 소망해 보았다.

　우리가 이사 온 이후에도 한동안 아저씨를 수신인으로 한 우편물이 많았다. 그중 대부분은 대부업체에서 온 것들이었다. 우편물을 반송함에 넣으면서 아저씨가 잘 계시는지 문득 궁금해지곤 했다. 아저씨 덕담대로 우리는 잘 살아낼 것이므로 아저씨도 잘 지내시기를 바랄 뿐이었다.

○　　　　　　우리 집

또 다른 집을 꿈꾸다

우리 부부는 여러 여정 끝에 보금자리를 마련했고, 칠복이는 아늑한 집에서 마음껏 뛰어놀 수 있게 되었다. 대출을 갚느라 생활은 쪼들리지만, 마음은 한결 여유로워졌다. 잿빛 뉴스들에도 예전만큼 불안하지 않고, 시시각각 변하는 시세를 쫓느라 부동산 앱을 켜는 일도 줄었다.

그렇다고 누군가 '이제 집을 가졌으니 만족하지?'라고 묻는다면 자신 있게 대답하기 어렵다. 어쩌면 우리는 또 다른 집을 꿈꾸게 될지도 모르겠다. 지금보다 세

우여곡절 끝에 마련한 우리 집. 아늑한 이 곳에서
다음 집에 대한 기대와 소망을 계속 가져가는 중이다.

평 더 큰 집에 대한 기대를, 욕심이라기보다는 세상의 변화에 정체되지 않고 살아가려는 나름의 열정으로 봐 주었으면 한다.

어떻게든 집을 사라는 조언을 하려는 것은 아니다. 모두의 상황이 같을 수 없고, 살아가는 방법도 제각각일 것이다. 다만 집값이 계속 널뛰고 신규 공급은 부족하며 대출금리는 올라간다고 해도, 집을 마련하고자 한다면 방법은 나타날 것임을 이야기하고 싶다.

집을 구하고자 했던 이들은 모두 쉽지 않은 과정을 겪었을 것이다. 우리 부부보다 더 험난하고 지루한 시간을 경험한 이들도 많을 것이다. 그러므로 지금 집 앞에 막막한 분들에게, 최종 입주까지 걸릴 몇 달 또는 몇 년이 될 수도 있는 시간을 잘 인내해 보자고, 우리도 쉽지 않았다고, 그 시간을 진심으로 응원하겠다고 전하고 싶다.

프로젝트는
계속 진행 중이다

※ 최근 집을 장만한 지인들의 사례를 인터뷰해 기술했다. 모두 비슷한 시기에 집에 대한 고민이 있었고, 결국에는 저마다의 방법으로 집을 마련했다.

[사례 1] ─────────────────── 30대 신혼부부

남편과 아내 모두 취업 준비 중으로 LH 신혼부부 매입 임대 통해 서울에 집 장만

장교인 남편 덕분에 3년 정도 관사에서 생활하며 집 걱정 없이 살았으나, 전역을 앞두고 미리 이사할 집을

알아봐야 했다. 둘 다 서울에서 직장을 마련할 계획이었지만 서울 집을 장만하기에는 경제적으로 큰 부담이 있었다. 몇억을 훌쩍 넘기는 전세자금을 감당할 수 없어 발만 동동거리던 순간, LH에서 진행하는 모집공고를 보게 되었다.

우리 부부는 서울에서 오래 거주하였고 혼인 기간이 7년 이내인 신혼부부였기에, 가산점이 높아야 하는 일반 주택청약이 아닌 '신혼부부 매입임대'에서는 충분히 승산이 있다고 판단했다. 신혼부부 매입임대는 빌라부터 아파트까지 다양한 유형의 주택이 매물로 나오는데, 오래된 관사 아파트에 살며 층간 소음에 많은 스트레스를 받아온 우리 부부는 가구 수가 적은 빌라 또는 주택을 선호했다. 빌라는 아파트와 비교해 상대적으로 경쟁이 치열하지 않았기에 임대주택 입주자로 당첨될 수 있었던 것 같다.

① 신혼부부 매입임대란?

신혼부부 매입임대 입주를 하게 되면 기본 임대보증

금과 월 임대료를 내는데, 임대보증금을 10만 원 단위로 증액하여 월 임대료를 낮출 수 있다. 월 임대료를 최대 60%까지 줄이고 보증금으로 전환할 수 있어서 최종적으로는 임대보증금 약 7천만 원, 월 임대료 약 20만 원에 계약을 완료했다. 자금 조달은 100% 근로소득으로 했다. 신혼부부 매입임대 주택의 경우 시중 시세의 30~40% 수준으로 보증금이 책정되어 대출이 없이도 가능했다.

② 집을 마련하기까지 가장 어렵고 힘들었던 부분

시세에 비해 저렴하게 집을 마련할 수 있는 만큼, 신혼부부 매입임대 신청부터 입주까지의 과정이 길고 까다로웠다. 제출해야 하는 서류도 많고, 자산 검증 기간 중 부적격 대상으로 밝혀지면 자격 소명을 위한 여러 서류를 별도로 제출해야 했다. 신청부터 계약까지 약 4개월 정도가 소요되었고, 실제 입주까지는 몇 달이 더 걸렸다. 모든 일정은 LH에서 지정하기 때문에 일정 관련 조율이나 협상의 여지가 전혀 없어서, 시간적인 여유가 있고 까다로운 절차를 모두 인내할 수 있는 사람에게만 추천하고 싶다.

③ 앞으로의 집 관련 계획은

입주 자격이 되는 기간은 임대주택에서 지내다가, 경제적 여건을 고려하면 서울 강북권 내에서 이동하지 않을까 싶다. 아주 나중의 일이 되겠지만 노년에는 건축을 전공하는 남편과 그 인맥들을 활용해 층간 소음으로부터 완전히 벗어날 수 있는 단독주택을 짓고 살고 싶다.

[사례 2] ──────────── 30대 초반 신혼부부

남편은 강남, 아내는 홍대가 직장이며, 보금자리론 대출로 경기도 광명에 신혼집 장만

본가가 지방이던 남편은 2016년 서울에서 직장을 잡은 후 결혼 전인 2020년까지 총 4번의 이사를 했다. 1년에 한번 꼴로 이사를 해왔기에, 결혼을 하게 되면 집을 사서 절대로 이사하지 않겠다는 목표를 가지

고 있었다. 부동산에 관심이 많았기에 결혼을 앞두고 오랜 기간 동안 서로의 직장과 멀지 않은 곳으로 신혼집을 알아보고 있었으나 집값이 많이 올라 서울에서는 내 집 마련이 어려워 보였다. 매매는 무리인가 싶어 2호선 영등포구청역 근방의 빌라 전세 계약금을 지급하려던 날, 부동산 사장님이 광명에 괜찮은 매물이 나왔다고 하여 남편이 계약을 미루고 달려갔고, 집을 본 후 바로 매매하게 되었다. 부동산 사장님과 좋은 관계를 만들고 적절한 매물이 나오면 연락 달라는 인사를 남기길 잘한 것 같다.

① 보금자리론 대출이란?

보금자리론은 한국주택금융공사에서 진행하는 대출상품이다. 신규주택 구매, 전세자금 반환 및 기존 주택 담보대출 상환 용도로 신청할 수 있으며, 대출받은 날로부터 만기까지 안정적인 고정금리가 적용된다. 따라서 향후 금리 변동의 위험을 피할 수 있는 안전한 상품이라고 할 수 있다. 우리가 매매한 광명 집의 최종 매매가는 4억 2천만 원으로, 부부 근로소득 25%, 보금자리론 대출 70%, 부모님 도움 5% 정도로 조달했다. 보금자리론 대출이 없었으면 매매가의 70%나 되는 금액을 충당하기 어려웠을 것이다.

② 집을 마련하기까지 가장 어렵고 힘들었던 부분

부부 모두에게 출퇴근이 쉬운 집을 찾고 싶었지만, 2호선 정반대인 홍대와 강남에서 일하고 있던 우리는 둘 다 만족할 만한 지역을 고르기가 어려웠다. 결국 남편은 한 명이라도 출퇴근이 편한 곳에서 살자고 했고, 그 한 명이 내가 되도록 양보해 주었다. 우리의 주머니 사정에 맞는 집을 구하는 것도 정말 어려웠다. 신혼집을 구하는 것은 억 소리 나는 자금 조달이 필요했고, 더욱이 서울에서는 전세도 메말라가던 시점이었다. 남편이 발품을 팔고 판 결과, 서울 같은 경기도에 집을 마련하게 되어 매우 만족스럽다.

③ 앞으로의 집 관련 계획은

1년 사이에 집값이 150%가 올라 기분이 좋기도 하지만, 서울 경기 지역은 오르지 않은 곳이 없어서 걱정되기도 한다. 살면서 집 크기를 조금씩 늘려나가고 싶었기 때문이다. 우리 부부는 5년 정도 후에 조금 더 넓은 집으로 이사하려는 계획을 하고 있다. 나와 남편은 틈틈이 부동산 앱을 통해 이사 가고자 하는 지역의 시세를 확인하고 있다. 부동산 정보를 쌓아나가고 꾸준히 시장을 주시하며 두 번째 집에 대한 기대를 그려보는 중이다.

[사례 3] ──────────── 30대 중반 싱글
서울에서 근무 중이며 최근 적격대출을 받아 경기도에 집을 마련함

대학교도 직장도 모두 본가 근처였기에, 어학연수 1년을 제외하고는 부모님 품을 벗어나 본 적이 없었다. 언제가 될지 모르는 결혼 전 혼자 살아보고 싶은 로망을 꿈꾸게 되었고, 우선은 독립이라는 것에만 목표를 두어 월세로 오피스텔을 구해 집을 나왔다. 혼자 사는 재미를 만끽하며 1년을 지내고 나니, 문득 매달 나가는 월세가 너무 아까웠다. 어차피 주거비용을 지출해야 한다면 집을 사는 게 낫지 않을까 싶은 생각이 들었다. 처음엔 안락하고 충분했던 원룸도 점점 좁게 느껴지면서 '거실이 있었으면 좋겠다, 환기가 잘 되게 베란다가 있었으면 좋겠다, 옷방이 따로 있었으면 좋겠다.' 등의 생각이 들기 시작했고, 때마침 비슷한 생각을 하는 친구가 집을 알아보러 임장을 다닌다는 얘기를 듣고, '나도 이러고 있을 때가 아니라 얼른 집을 찾아봐야겠다.'라는 결심을 굳히게 되었다. 시기적으로도 집값이 계속 상승하고 대출은 점점 조여오는 상황이어서 하루라도 빨리 집을 사야겠다 싶었다.

① 적격대출이란?

담보주택 가격이 9억 원 이하인 경우 한국주택금융공사에서 시행하는 적격대출상품을 신청할 수 있다. 시중 금리보다 저렴하게 고정금리로 대출을 받을 수 있다는 장점이 있지만 인기가 워낙 많다 보니 한도 소진이 빠르다. 매매자금은 근로소득 20%, 적격대출 70%, 신용대출 5%, 부모님 증여 5%의 비율로 마련했다.

② 집을 마련하기까지 가장 어렵고 힘들었던 부분

방대한 정보의 홍수 속에서 원하는 정보를 찾아내는 과정이 쉽지 않았다. '부린이'였던 나에게는 LTV(주택담보인정비율), DSR(총부채원리금상환비율), DTI(총부채상환비율) 등 용어의 뜻을 찾아보는 것부터 시작해서 대출, 세금 관련 정보를 찾고 숙지하는 것이 첫걸음이었다.

살고 싶은 지역을 선정하는 것도 큰 고민이었다. 결혼했거나 아이가 있었다면 그에 맞는 선택지가 추려졌겠지만, 혼자 사는 나에게는 그 어떤 지역도 후보가 될 수 있었기 때문이다. 주변에서 조언을 얻기도 했지만 결국 스스로 결정해야 하고, 그 결정이 한두 푼이 드는 일이 아니었기에 걱정이 많았다.

조여오는 대출 상황도 마지막까지 힘들었던 부분이었다. 대출 규제 때문에 적격대출 신청 자체가 어려워지면서, 며칠간 은행 상담원과 통화하며 여러 은행 창구에 가서 상담받는 과정이 필요했다. 결론적으로는 잘 해결되었지만, 금리나 최대 대출 가능 금액이 달라질 수 있는 불확실한 상황들로 인해 여러모로 골치를 앓았었다.

③ 앞으로의 집 관련 계획은

우선은 비과세 2년 실거주 기간을 채우는 동안 최대한의 '씨드 머니'를 모으는 것이 목표이다. 그동안 부동산 시장 전망에 관해 공부하고 다음 거주지에 대한 탐색도 필요할 것 같다. 물론 지금 집도 실거주로 만족하지만, 몇 번의 갈아타기를 통해 좀 더 넓고 좋은 집, 살기 좋은 지역으로 이동할 계획이다.

현재 기준에서는 직주근접이면서 안전하고 조용한 곳, 편의 시설과 주위에 걸어갈 수 있는 공원이 있으면 좋을 것 같다. 부동산 가격이 상승하든 하락하든 실거주 1채를 보유하면서 최대한 더 나은 선택지로 이동할 수 있는 방향을 생각하고 있다.

[사례 4] ───────────── 30대 중반 부부
남편은 지방, 아내는 서울에서 근무 중이며, 두 명의 아이가 있고 최근 전세를 끼고 서울에 집을 마련함

바야흐로 2013년, 결혼하며 첫 신혼집을 장만했다.

하늘 아래 내 집 하나는 있어야 한다는 양가 부모님의 의견에 따라, 세상 물정 모르던 남편과 나는 자연스럽게 첫 집을 자가로 마련하였고, 운이 좋게도 이후 두 번의 부동산 가격 폭등을 생생하게 경험했다. 신혼집은 매수 가격의 두 배가 되는 금액으로 매도하게 되었고, 첫아이를 낳으며 친정 근처로 매수했던 두 번째 집도 (오르기를 기대하고 산 곳이 아님에도) 3년 후 수익을 내고 매도하면서 부동산 투자의 가치를 피부로 느꼈다고나 할까(반대로 세 살이로 살다가는 내 집 마련은 다음 생에나 가능하겠다는 생각도 들었다).

남편은 지방에서, 나는 아이들과 서울에서 주말부부 생활을 하고 있었는데, 첫아이가 초등학교를 입학하기 전 온 가족이 함께 지내보기로 결정하면서 서울 집을 처분하고 남편이 있는 지방으로 이사를 했다. 당시 우리의 계획은 지방에서 지내는 2년간 서울 중심부 쪽의 집을 미리 구입해 두는 것이었다. 그러나 계획과 달리, 우리는 지방살이의 즐거움에 빠져 서울 주택 시장을 살펴보는 데 안일해지게 되었고, 바다로 산으로 아이

들과 즐겁게 여행을 다니며 소소한 행복을 느끼는 사이, 서울의 집값이 천정부지로 치솟아 버렸다.

다시 서울로 올라갈 시기가 가까워지면서 알아본 집값은 2년 전 그 값이 아니었지만, 지금이 고점이든 저점이든 하늘 아래 내가 살 집 하나 있어야 한다는 생각이 달라진 건 아니었다. 내가 살고 싶은 동네에서 우리 가족에게 적합한 집을 열심히 찾아다녔고, 얼마 전 다시 서울 집 마련에 성공했다.

① 전세를 끼고 집 매매

전세를 끼고 매매한 건이라 비교적 자금 조달이 어렵지는 않았다. 기존 전세 보증금 40%, 예금 54%, 대출 6%의 비율 정도로 매매 자금을 조달했다.

② 집을 마련하기까지 가장 어렵고 힘들었던 부분

우선순위를 정하는 것이 가장 어려웠다. 나의 경우는 투자 가치, 거주 환경, 자녀 교육, 그리고 KTX 역과의 거리가 집을 구매하는 데 고려한 요소들이었는데, 이 모든 것을 만족시키는 집은 유니콘과 같은 존재였기에 그중에서 더 중요하고 덜 중요한 것을 구분해야 했다. 하지만 이렇게 고민하면 가장 중요하던 요소가 또 저렇게 고민하면 가장 덜 중요한 요소가 되기도 하는 복잡한 상황에, 혹시라도 내가 잘못 판단하여 나중에 후회하게 되면 어쩌나 하는 걱정이 스스로를 힘들게 했다. 더욱이 남편이 바쁜 시기라 혼자서 모든 것을 알아보고 결정해야 한다는 중압감이 실로 컸다.

③ 앞으로의 집 관련 계획은

우리 가족의 경우는 향후 상황에 따라 남편이 있는 지방에서 거주할 수도, 또는 내 직장이 있는 서울에서 거주할 수도 있어, 빠르면 2년, 늦으면 아이가 대학에 갈 즈음 서울로 올라오는 것을 바라보고 이번 집을 매수하였다. 즉, 단기간의 수익을 바라보고 구입한 집이 아니기에 현재의 부동산 시장 변동에는 영향을 받지 않을 것으로 생각된다. 20~30여 아파트 단지를 거쳐 최종적으로 결정했을 만큼, 우리 가족의 라이프스타일에 가장 적합하다고 생각되는 집을 골랐으므로 입주하여 살게 된다면 오랜 기간 거주하게 될 것으로 예상한다. 정기적인 투자 관점으로 보더라도 해당 단지 주위로 개발 호재가 많이 예정된 곳이기에 다른 주택으로 이동하는 것은 먼 미래의 이야기가 될 것 같다.

우리 아파트 샀습니다

1판 1쇄 인쇄 2022년 4월 15일
1판 1쇄 발행 2022년 4월 21일

지은이 공다예

펴낸이 정용철 **편집인** 이경희, 김보현 **디자인** ⓒ단팥빵
제작 제이킴 **마케팅** 김창현 **홍보** 김한나
인쇄 (주)금강인쇄

펴낸곳 도서출판 북산
등록 2010년 2월 24일 제2013-000122호
주소 서울시 강남구 역삼로 67길 20, 201호
전화 02-2267-7695 **팩스** 02-558-7695
홈페이지 www.glmachum.co.kr **블로그** blog.naver.com/e_booksan
페이스북 facebook.com/booksan25 **인스타그램** instagram.com/glmachum
이메일 glmachum@hanmail.net

ISBN 979-11-85769-51-6 03810